立松和平エッセイ集

仏と自然

立松和平

野草社

立松和平エッセイ集　仏と自然　目次

写真——山下大明
ブックデザイン——堀渕伸治◎tee graphics

立松和平エッセイ集

仏と自然

*

叡智の旅へ

2002.1

地球は美しい。そして、美しい地球と調和して生きる人々は美しいと、この緑なす水の星を歩けば歩くほどに思えてくる。

この地球を動かしているゆるぎのない法則を、真理と呼ぶ。人類はこの真理を知るために悪戦苦闘し、叡智《えいち》を蓄積して、大文明を築き上げてきたのだ。真理を得ようとする探求心こそが、人類が歴史をつくっていく原動力ではなかったろうか。

だが、東洋の禅思想家はこういう。

「真理は何ひとつ隠されてはいない。私たちのこの前に、すべては明らかになっている。過去は消えてしまったのではなく、未来はいまだ現われないのではなく、すべてが現在の中に現われているのである」

地球の側からすれば、何かしら秘密を保持しておこうということではないであろう。法則に基づいた摂理とは、それぞれの都合をいい立てれば変化するようなものではなく、日々平凡といってよいほどゆるぎなくくり返される不変性のことなのだ。

真理はそこいら中に投げだされているにもかかわらず、私たちはなかなか見ることができない。それは私たちが本当の叡智を持っていないからである。

欲などに汚されていない澄んだ叡智を持って、果てしのない冒険の旅に出かけていった人が、いつの世にもいたのである。彼はそこいら中にあるはずの真理を辛苦の果てにつかみ、私たちの目の前に示してくれる。

この美しい地球を心から知ったならば、大地や海を少しでも壊したり汚したりしようという気には、ならないはずである。

I

瑠璃の森で

瑠璃の森で

屋久島の山中といってもよい開拓地に家族とともに暮らす山尾三省さんのことを考えるたび、私は独覚《どっかく》という言葉を思い浮かべる。独覚とは、師を持たずに十二因縁《じゅうにいんねん》の法を観じ、もしくはほかの縁によって真理をさとった求道者のことだ。山荘などを建て、山野で遊ぶことをアウトドアライフなどといっている今風の人は掃いて捨てるほどいるのだが、真理と自覚的に向き合っている人はめったにいない。たいていは自然の心地よさを感じたり語ったりするにとどまっている。

仙人のような暮らしに見えるが、奥さんがいて、子供たちを育て、畑も耕し、本を書き、詩の朗読会などのために時々上京する。俗世と無縁に生きるのは不可能であるが、緑に囲まれた山尾さんの暮らしを見ていると、いにしえの修行者のように感じてしまう。心の底にあこがれの感情はあるのだが、とても私にはできないなあと思ってしまう。私は街のちりの中で遊行するのに似合っていると、山尾さんとくらべて思う。

2001.1

今回の長編対談(『瑠璃の森に棲む鳥について』『水晶の森に立つ樹について』文芸社)は、私のたっての希望で実現した。私の本を出版したいと本間千枝子さんを通して文芸社からお話をいただいた時、山尾三省さんと心ゆくまで話したいのだと私は訴えるようにいった。企画はすぐに実現し、私は記録を担当する浅見文夫さんと屋久島にいった。二泊三日の予定でいくと話ははずみ、一冊ではとてもおさまらなくなった。それで二冊目をつくるため足りない分を補う目的で、一回だけ山尾さんが東京の私の事務所にきて、そこでも心ゆくまで語り合った。語っても語っても、言葉は尽きない。泉から水が湧きだしてくるかのように、言葉は際限もなく湧きだしてきた。一般に対談は丁丁発止と言葉の真剣勝負のようなところがあるのだが、山尾さんとの対談は真剣ではあっても勝負などという自我の発露を超え、深く温かな慈悲に包まれていた。話している間中、私は恩寵のようなものを感じていたのである。

私は山尾さんの宗教的感受性に満ちた詩や散文が好きだ。今の私たちの社会に足りないのは宗教的な情感だとつねづね思っている私に、今回の対談のため訪ねた緑の森の書斎で、いきなり山尾さんはいった。

「今度の我々の本のサブタイトルは、『宗教性の恢復』ということにしましょう。本タイトルは立松さんのほうで考えてください」

宗教性というところがよいのである。もちろん私はこのサブタイトルに賛成で、本タイトルも瞬間にひらめいた。私たちはしたたるような森の中にいたからだ。「瑠璃の森に棲む鳥について」は、屋久島にいたからこそでてきた言葉なのだ。

山尾さんの書斎は昔の開拓事務所を改造した家で、まあ小屋といったほうがよい。私は山尾さんの家には二度目なのだが、初回の時、外から見て、失礼ながら廃屋と思ったほどだった。しかし、中に入ってみると、本が山と積まれ、私は坐る場所をやっと確保した。私の書斎もゴミ箱の中のようなものだが、山尾さんの部屋は緑の樹木に囲まれた石窟庵のようであった。祭壇がつくってあり、仏像やら石ころやらが祭られているのだが、これは山尾さんにしかわからない象徴なのだろう。山尾さんの内面世界をきわめて抽象化したのが、この祭壇なのである。山尾さんはここから宇宙と結びつき、ここが宇宙となっているのだ。

言葉というのは自由なものだ。宇宙の彼方にも飛んでいくことができるし、木の葉についた一粒の水滴にも宿ることができる。外の森の中を小鳥が飛べば、その鳥に乗り移ることができる。水の流れそのものにもなることができる。そうだ、窓の外には川が流れているのだった。渓《たにがわ》の声は釈迦牟尼仏《しゃかむにぶつ》の説法で、私たちはその説法を心地よく聞きながら、気持ちのよい話をした。

なんの準備があったわけではない。言葉の流れと力に身をまかせ、いきあたりばったりに話した。森の木の葉のさやぎに耳を傾け、山の姿を礼拝しながら、瞑想し思索して独りさとってきた山尾さんの言葉に私の言葉がつながっていくのが、私にとっては歓びであったのだ。このように自由に話すことができるのが歓びである。

その時にはただ楽しさを感じていたのだったが、浅見さんが苦心して起こしてきた原稿を読むと、どうも私のほうが興奮して話している。山尾さんにしてみれば、もともと寡黙な人なのに、思いがけずおしゃべりをしてしまったということなのかもしれない。

話している間、私たちのまわりには瑠璃の森からやってきた瑠璃の鳥が無数に飛び交っていた。まるで天人のように。東方瑠璃光浄土からやってきた鳥が一羽でもそばにいると、たちまちまわりは光明に満ちてくる。

思想は言葉で伝えられてきた。言葉を交わすことができるのは楽しく、その言葉をこうして残せることが歓びだ。

2004.3

子供たちへの手紙

いかがお過ごしですか。この移ろいやすい世の中で、子供の君たちが何を考え、どのように生きようとしているのか、もしくは何も考えないようにしているのかと、すでに五十六年もこの世に生きた私は考えてしまいます。世代の間でものの考え方にどんどん開きができているようで、正直いって私は不安を禁じえません。

世代間のことだけではありません。地域によって、住んでいる環境によって、ものの考え方とらえ方がますます隔たっていくようで、これだけ通信網が発達した時代にあって、むしろ心の交流が疎外されているような気がしてなりません。

心の交流が疎外されていく究極の行き方は戦争でしょうが、この地球上で戦争が現実に起きているのです。しかもいとも簡単に起こってしまい、ミサイル攻撃をするシーンが、あくまでも発射する側のポジションでですが、テレビで見られたりするのです。爆発した炎の下でたくさんの人が死んでいるのに、テレビ画面の中に写しだされる映像はまさにコンピューター・ゲームのようで、血のにおいはまったくしないのです。

しかしそのように安閑としていられるのも、テレビ画面のこちら側にいるからで、向こう側にいたとしたら、恐ろしくてどうしていいかわからなくなるでしょう。ミサイルが頭の上に落ちてきたというそれだけのことで、人は死ななければなりません。その国に生まれたから、その地域に生まれたからというだけで、たった一つきりの命を捨てることができますか。

知らないうちに画面の向こう側に、攻撃を受ける側に立っているのが、今日の私たちの姿なのです。あくまでも知らないうちなので、攻撃されてからはじめて自分の立っているポジションを知るといった具合なのですよ。たぶん、もう、私たちはミサイルの弾頭の下にいるのです。私たちが望んだことでは、絶対にないのに。

一度だけ、私は爆撃される側にまわったことがあります。テレビの取材で、内戦中のレバノンにはいり、イスラム・ゲリラの基地に泊まり込んでいました。ごく単純化してしまえばイスラム教徒とキリスト教徒の内戦で、私たちがはいった時には各国の大使館も通信社もすべて国外に脱出していました。そんな時に報道機関としてはいったものですから、まあ私たちは歓迎されたわけです。

戦時下の日常生活をレポートするのが私たちの仕事でした。しかし、もともと同じ大地で共存していた彼らが何故いがみ合い、殺し合いをするのか、情報としては知っていても、本当のところはまったくわかりませんでした。苦労して現場にいってみると、確かに戦争がありました。ロケット砲や迫撃砲やマシンガンを撃ち合い、殺し合いをしていました。戦場にいる兵士たちにはもちろん彼らにしかわからない恐怖はあったでしょうが、それ以上に激しい宿命というものがあり、それに基づく正義というものがありました。家族を守る、故郷を守るという以上の正義はありません。実際に彼らは家族を殺され、土地を奪われ、多くの犠牲者をだして土地を取り返しても、オリーブの樹の下には地雷が埋められていました。それでまた何人もが殺されるのです。

彼らには戦う理由がありましたが、その姿をリポートしにいった私たちには、好奇心や仕事やらは確かにありましたが、自分が死んでもいいと納得できる正義はまったくありませんでした。もちろん誰にも銃口を向ける理由がない私たちは、カメラとペンしか持っていませんでした。

イスラム・ゲリラの基地に泊めてもらった時のことです。もともとそこは大金持の別荘で、四階建てでした。四階は砲撃されたら危険なので、使いません。一階も白兵戦で攻撃を受けやすいので、土嚢が積んであるばかりで、人は使っていません。二階が兵士たちの居住区で、私たちは三階を使ってよいといわれました。マットレスと毛布を一枚ずつ渡されたのですが、戦場に慣れている人は安全な場所にさっさとマットレスを敷いてしまいます。私はもたもたしてしまって、せめて頭だけは柱の陰にはいれるようなところで眠ることにしました。

その晩、迫撃砲の攻撃を受けたのですが、あんなに恐ろしいことはありませんでした。敵がどこにいるかわからないのに、私は攻撃をされているのです。ある陣営の側に泊まったために、敵の陣営からは私たちは敵になっているのです。私たちには信念などありませんでしたが、明確な敵になってしまったのでした。

迫撃砲の攻撃は正確ではないので、いつどこから弾が飛んでくるかわかりません。近くに着弾すると、地面とまわりの空気がビリビリと震えます。私たちはといえばカメラやペンを握りしめ、暗闇の底にはいつくばって、じっとしているほかありません。

私は恐怖のためにどうしていいかわかりませんでした。私は憎悪にさらされている自分を感じたからです。それがどのような理由で、どのような過程をへてつくられた憎悪なのかわからないのですが、ただ恐ろしい憎悪の現実だけがそこにありました。しかも、私はその底なしの憎悪を、無力で、沈黙して、もっぱら受けとめているしかありませんでした。敵を無差別に殺してしまおうという憎悪ほど、恐ろしいものはありません。その時に、私は、戦争というものがほんの少しわかったような気がしました。

少し冷静になった私は、迫撃砲の発射音と、着弾する爆発音との関係を感じはじめていました。発射音がして、秒数を数えはじめ、一、二、で爆発するのは敵から近いところが狙われています。弾がだんだん近づいてきて、一、二、三、でちょうど私のいるところに落ちます。その時には生きた心地はしませんでした。日本に残してきた家族のことを考え、なぜこんな仕事を受けてしまったのだろうと後悔しました。しかし、どう考えようと、どう後悔しようと、爆発する弾の近くに私がいるのだという事実はどうにもなりませんでした。もし爆弾を受けて死んでしまったら、私の人生はここでサヨナラです。なんとつまらない生涯を送ってしまったかと、私ばかりでなく、誰もが思うでしょう。私は戦死でもなく、ただの犬死です。あのすさまじい憎悪を感じただけで、私はそのまま死んでしまいそうになったのでした。

そのうち、一、二、三、四、と数えられるようになりました。弾はそれていき、攻撃目標が変わったことがわかったのです。しかし、再度攻撃目標が変わるかもしれず、マットレスにうつぶせにしがみついている同じ姿勢で、神経だけが張りつめていました。

明け方に、ほんの少し眠り、外で人が騒ぐ声で目覚めました。エンジンの音が聞こえたので窓（もちろんガラスははいっていません）からのぞくと、兵士たちが小さな戦車を乗りまわしていたのです。戦闘があって、そのぶんどり品だったのでしょう。そこでも何人か死んだのに違いありません。

レバノンではその後も何度か命が危いこともありましたが、私たちは無事に日本に帰ってきました。平穏な日常生活に戻り、もう二十年もたつのですが、時々私はあの憎悪を思い出します。この文章を書いていて、また思い出したのです。思い出しただけで、身の毛がよだちます。しかも、私が全身で感じた見も知らぬ人からの憎悪が増幅されて、この時代を覆っているようにも思えてくるのです。

私が感じたあの憎悪の濃度を何万倍にも煮詰めて、しかも長時間、生涯の間感じている人が、今日の地球にはたくさんいるに違いありません。なんと恐ろしい人生なのでしょうか。戦争とは、あの憎悪のことです。

電子戦争になって、敵の姿もわからないのに、あの憎悪だけはまざまざと感じているに違いない。憎悪だけが人間的な感情だとでもいうかのようにです。人が現実的に生きて死ぬという局面には、思想の問題を通過していくにせよ、最後には感情の問題しか残らないのではないでしょうか。死ねば、人間は血まみれの肉になってしまうのです。その人が何を考え、何を学び、どんな家族を持ち、どんな人生を送ってきたのかなど、戦場では、まったく関係ありません。しかも市民生活の場が戦場なのです。

戦場にある感情とは、何度もいいますが、ただ憎悪だけです。

そんな生き方死に方を私はしたくない。また子供たちにもしてほしくない。君たちには他人に対して憎悪などという感情を持ってほしくないというのが、ささやかな体験をしてきた私の、本当にささやかな願いです。

憎悪というのは、すぐ隣りにいる人への感情からはじまるのです。教室で机をならべているクラスメートへのささやかな感情のもつれから、いじめに発展していきます。間はとばしますが、隣りの人を憎いと思う感情が、ずっと増幅していって大きくなり、究極の先には戦争とつながっているのです。そこまでは一見して遠いようなのですが、キイボード一つ押せばよいゲームなのだとしたら、その距離は案外に近いかもしれないのです。

自分と違う人間を認めなければならない。違うからこそ付き合っているとこちらの世界もひろがるのだし、楽しいのだ。私はそのように思っています。他人を認めるためには、寛容の心がなければなりません。許し合う心といったらいいかもしれません。

人間は感情の動物なので、憎悪に凝り固まってしまったのでは、なかなか寛容の気持ちのところに戻っていくことはできません。そこまでいかないようにしなければならないのです。ではどうしたらよいのか。私にはいつも身近に置いておく書物があります。二ページでも三ページでも読むと、心の中が清らかになったような気がしてきます。ブッダが直接人々に語った言葉に最も近いとされる原始仏典の「ダンマパダ（法句経《ほっくきょう》）」で、私の尊敬する故中村元先生が原典のパーリ語から直接訳されています。

三　「かれは、われを罵った。かれは、われを害した。かれは、われにうち勝った。かれは、われから強奪した」という思いをいだく人には、怨《うら》みはついに息《や》むことがない。

五　実にこの世においては、怨みに報いるに怨みを以ってしたならば、ついに怨みの息むことがない。怨みをすててこそ息む。これは永遠の真理である。

二千五百年も前に生きたブッダの言葉をこうして味わってみると、人間というものはまったく変わっていないと思ってしまいます。怨みが怨みを呼ぶので、争い事の解決には、怨みを捨てるしかないのです。そのためには、相手のことを理解する寛容の心がなければいけません。困難なのですが、そうできるよう少しでも努力しなければいけないということです。

また「ダンマパダ」にはこのような言葉もあります。

一二九　すべての者は暴力におびえ、すべての者は死をおそれる。己が身にひきくらべて、殺してはならぬ。殺さしめてはならぬ。

こんな言葉を嚙みしめて、君たちにはおおらかに生きていってほしいと思います。経済も含めて社会の競争は苛烈で、落ちこぼれたものは抹殺されるような時代なのですが、だからこそ、君たちには人への慈しみを忘れないでほしい。少しずつでもいいですから、そんな生き方をつらぬいていってほしいと願っています。

では、また会いましょう。会って、時代のこと、心のこと、いろいろ語り合いたいと思います。

花に包まれたお釈迦さま

2005.4

四月八日は花祭りである。花供養《はなくよう》とも、灌仏会《かんぶつえ》ともいい、お釈迦《しゃか》さまの生まれた日のお祝いをする。たくさんの花で飾った花御堂《はなみどう》に誕生仏《たんじょうぶつ》をまつり、誕生仏の頭から香油《こうゆ》、水、甘茶《あまちゃ》をかけて供養する。

一般的なイメージでは、お釈迦さまは生まれた時に、北方に七歩あゆみ、四方を向いて、右手で天を左手で地を指して「天上天下唯我独尊《てんじょうてんげゆいがどくそん》」といったという。つまり、自分はブッダになると宣言したのである。この姿が誕生仏である。

仏像に香水などを灌《そそ》ぎかけることを、灌仏《かんぶつ》もしくは浴仏《よくぶつ》ともいう。香油や甘茶は甘露に擬《ぎ》してある。日本で灌仏会がはじめて行われたのは、仏教が国家の宗教になって間もない推古天皇十四（六〇六）年で、奈良の元興寺にてであったとされている。いずれにしろ古い法会《ほうえ》なのである。

なぜお釈迦さまの誕生を花で祝うのか。父は釈迦族の「浄《きよ》い米飯」という意味の王、スッドーダナ（浄飯《じょうぼん》）王で、母はマーヤー（摩耶《まや》）夫人《ぶにん》である。その子ゴータマ・シッダッタは花にふさわしい物語に包まれている。ゴータマ・ブッダが前世において菩薩《ぼさつ》だった時に積んだ善行についての物語「ジャータカ（本生譚《ほんじょうたん》）」の、「ジャータカ註」の序文の因縁譚《いんねんたん》「ジャータカ序」には、托胎霊夢《たくたいれいむ》の話がでてくる。いかにも花に包まれたふうな物語である。

　マーヤー夫人が寝台で眠っていると、夢を見た。

　どこからともなく現われた四天王が、眠る夫人ごと寝台を持ってヒマラヤ山に運んでいき、サーラ（沙羅）樹の下に置いた。四天王の妃たちが夫人を池に連れていき、人間の汚れを落とすために沐浴《もくよく》させ、天衣《てんね》を着せ、天の香を塗り、天上の花で飾った。それから黄金の宮殿に連れていき、東向きの枕の寝台に夫人を横たえた。白い睡蓮《すいれん》の花を鼻でつかんだ白象が北から近づいてきて、夫人の寝台を右まわりに三度まわり、夫人の右腕の下から胎内にはいってきた。すべては夢の中の出来事であった。

　翌朝目覚めると、この夢のことをスッドーダナ王に告げた。王は六十四人のバラモンを呼び、バターと蜂蜜と砂糖を使った乳粥《ちちがゆ》を金銀の鉢に盛りつけ、もてなした。新しい衣や褐色の牝牛も差し上げ、彼らを満足させておいて、夫人の夢はどういうことなのかと尋ねたのだった。

「おめでたいことです。王妃が身ごもられたのです。男の子ですよ。その子がサハー（娑婆《しゃば》世界）で生きるなら、転輪聖王《てんりんじょうおう》、すなわち法と正義によって世界を統一する理想の王となるでしょう。出家するなら、この世を照らすブッダ（正覚者）になるでしょう」

　バラモンたちはこのようにいい、スッドーダナ王は満足した。

　こうして生まれてくるゴータマ・ブッダは、前世で数々の善行を積んだと、「ジャータカ」

は伝えている。ゴータマ・シッダッタがこの世に生まれる以前の遥かな昔、スメーダ（善慧《ぜんね》）と呼ばれる修行者がヒマラヤで修行し、神通力を得た。スメーダが空から地上を見ると、チャンドラ・スールヤ、プラディーバ（日月燈明仏《にちがつとうみょうぶつ》）の八人の王子の一人ディーパンカラ（然燈《ねんとう》仏《ぶつ》）が、四十万人の弟子たちと街にこられるのだといって、人々は喜んでいた。法華経《ほけきょう》によると、日月燈明仏は過去世に現われて法華経を説いたとされる。

スメーダはディーパンカラが歩きやすいようにと、洪水で流れた道を普請《ふしん》することにした。だが道がまだぬかるんでいる時、三十二の瑞相《ずいそう》、八十の吉相、聖なる黄金の光と仏としてのすべてを備えたディーパンカラが、天の音楽に包まれて多くの弟子たちとともにやってきた。だがスメーダは道の修理をまだ完全には完成していず、自分の誓願を果たしていない。とりあえずスメーダは長い髪をほどいて泥の中に身を横たえ、仏を泥で汚さないようにした。四十万人もの人が通るのだから、身は砕《くだ》け、自分は間違いなく死ぬ。この世の生が終ろうとする時、スメーダは誓願を立てた。

「自分を捨て、迷いの海に苦しんでいる人々を救い出そう。あの仏《ブッダ》のように、汚れを捨てた存在になろう。いつの日か仏になるために、どんな厳しい修行でもつづけよう」

この瞬間に、スメーダは絶対真実を求める求法者《ぐほうしゃ》、つまり菩薩になったのである。このことをディーパンカラも同時にさとり、身を泥の中に投げ出したスメーダの手前で立ち止まった。それからまわりの人々に告げたのである。

「ここに菩薩がいる。彼は自分の身を捨てた。苦しみにあえぐ人々を救うために、遥かな未来に、彼はゴータマ・ブッダと呼ばれる偉大な仏として、この世に生まれるだろう」

ディーパンカラはブッダの生涯を予告し、スメーダは全身喜びに満ちた。ディーパンカラは山のような花でスメーダを供養した。スメーダは泥の中から身を起こし、花の山の上で結跏趺《けっかふ》座《ざ》をして禅定《ぜんじょう》にはいり、さっそく菩薩の修行にはいった。その後スメーダを導いた仏は二十四ある。スメーダは、兎《うさぎ》、亀、鳥、獅子、龍、夜叉《やしゃ》、多くの種類の人間、人間の王などに転生し、それぞれの場所であらゆる善行を積んだ。

こうして生まれたのがお釈迦さまである。紀元百年頃に成立した仏教詩人アシュヴァゴーシャ（馬鳴《めみょう》）の「ブッダ・チャリタ（仏陀の生涯）」には、ゴータマ・ブッダは太陽のような光とともに生まれたと描写されている。生まれたとたん、十方を照らした。

すると、七仙星宿（大熊座）にも似たこの幼子は、（たちまちにして）堂々たる七歩を踏み出したのであったが、その歩調たるやたじろぐことなく、大地をしっかり抑えてはつぎに正しく上げられ、（大地を）砕かんばかりで、一股《いっこ》の幅は広大な闊歩《かっぽ》であった。

そして、この獅子のたたずまいなすものは四方を見渡して、「われこそはさとりを開くため、ひいては人の世を利益《りやく》せんために生まれきたったものである。そして、私の輪廻《りんね》の世界における生起はこれが最後である」と宣言して、彼が将来なすべき、またなしうる、慶賀すべき約束事を予示する言辞を吐いた。

（『大乗仏教13　ブッダ・チャリタ』原実訳、中央公論社）

人々はブッダを尊敬するあまりいろいろな物語をつくり上げ、その大きなものの一つがこの「ブッダ・チャリタ」であろう。ここにはゴータマ・ブッダの誕生の場面が美しく飾られた言葉で語られているのである。ブッダはこの世に生まれると右手で天を指し、左手で地を指して、「天上天下唯我独尊」といったという物語が、紀元前一世紀頃に成立したこの「ブッダ・チャリタ」にある。ということは、この頃から花祭りが行われていたのかもしれない。

お釈迦さまはマーヤー夫人の右脇の下から生まれたとされ、産道を通っていない。マーヤー夫人の母胎は霊廟《れいびょう》の奥殿のようなもので、清浄きわまりないところとされている。マーヤー夫人はこのお産の七日後に亡くなったのであるが、その二日前、スッドーダナ王は王子の命名式を行った。王宮には四種類の香が塗られ、五種類の花をまき散らし、乳粥を煮て、百八人のバラモンを招いて王子の未来を問うた。このまま宮殿にいればこの世を治める転輪聖王となり、出家すれば仏になるでしょうと、ほとんどのバラモンが預言《よげん》した。その中で一人のバラモンがこういったと、仏伝には伝えられている。

「この特相をそなえた方は、家庭や宮殿におられることはありません。必ず家を出て、この世の人々を迷いから救う仏になることでありましょう」

もちろん仏伝というものは、後の世につくられたものである。

ブッダは何をさとったか

2007夏

私の母が脳出血のため人事不省になり、死の床に横たわって一年がたった。私は悲しくて仕方がない。形あるものは必ず滅びるとブッダは諸行無常を説き、自分の残した教えと自分自身を灯として生きなさいと説いた。自燈明法燈明である。それは頭ではわかっているのだが、心ではこの悲しみと苦しみをどうすることもできない。私は自分自身をおさめることができないのだ。悲しいと訴える私に、ある出家者はこのように説いた。

「無常は闘うものではありません。受け入れるものです」

いわれて、本当にそのとおりだなと得心した。私の苦しみは、ブッダが通ってきた道だと改めて気づいた。ブッダはどんな道を歩いて何をさとったのかを、改めて考えてみたいと思った。

仏教とはブッダの認識であり、ブッダの思想と行動である。

紀元前約五百年、釈迦国のゴータマ・シッダッタ太子は、この世の成り立ちについて考えをめぐらせていた。考えれば考えるほど深い悩みの中にはいっていく。

四門出遊《しもんしゅつゆう》の話は、仏教の発生にとって最も重要である。ゴータマは十四歳であった。それまで宮殿内のことしか知らなかったゴータマは、外部への視点を持ち、普遍的な現実を感じはじめたのだ。

ある時、ゴータマは城外に出かけようと思い立ち、御者に馬車の準備をさせる。馬車は四頭の馬に引かれ、美しい飾りをほどこされていた。

ゴータマは東の門を出たところで、髪が白く、歯が抜け、皺だらけで、腰が曲がり、老い疲れている老人を見た。宮殿にはそのようなものはいなかったのである。

「あればどのようなものか。髪も姿もほかのものとは違っているではないか」

ゴータマが問うと、御者は答えた。

「あれは老いたものです。誰でも老いからは逃れられません」

「誰でもというと、私もか」

「太子は今はお若くてお美しいのですが、やがていつかはあの老人のようにおなりでしょう。人間は誰でもそのようになるものです」

ゴータマは驚いた。身のまわりには父スッドーダナ王が太子に憂いがないようにと、若くて美しいものばかりが配してあったのだ。老いたものは父王によって遠ざけられていた。父王は世継ぎの太子が道を求めて出家してしまうのをおそれていたのだ。

「生まれたものは老いねばならないとは、生あるものはなんといまわしいことであるか」

ゴータマはこう考え、御者に馬車を宮殿に戻すよう命じた。これ以上ありのままの現実を見ることに耐えきれなかったからだ。父王は太子が出かけたと思ったらすぐ帰ってきたことを案じ、家臣に何があったのかを問うた。太子が老人を見たと聞いた父王は、息子が世を憂えて出家してしまうのではないかと心配になり、さっそく若い女たちを集めて歌舞の用意をさせた。欲望により幸福を感じている間は出家はしまいと考えたのだ。ゴータマは若い女の歌舞よりも、人生の深淵のほうにますます傾斜していき、憂鬱な日を送るようになった。

こうしてある日、ゴータマは御者に命じて馬車を南の門から出させる。そこで見たのは、痩せさらばえ、顔色の悪い、今にも死んでしまいそうな人であった。苦しい息をついて起き上がることもできない病人である。

またある日、ゴータマは御者に命じて、馬車を西の門から出させる。そこで見たのは、大地に横たわって動かなくなっている死者であった。死者というものをはじめて見るゴータマは、あれは何かと御者に問う。御者はいうのである。

「あれは死んだものです。誰でもが死からは逃れられません。太子は今はお若くて身体もよく動くのですが、やがてはあの死人のように動かなくなるでしょう。人間は誰でもあのようになるのです」

ゴータマが認識したのは、まず三つの苦しみである。生きることは苦しいということを加えた四つの苦しみ、生《しょう》・老《ろう》・病《びょう》・死《し》の四苦を自覚する。仏教はこの認識からはじまったといえる。仏教は生きて存在するという、人にとって最も平凡で日常的なところから出発しているのだ。この四つの苦しみを乗り越えることができるか。ゴータマ・シッダッタからブッダへの長い思索の旅はここからはじまった。問いは日常的で平凡で誰にもあることだからこそ、あまりに根源的で、容易に解決を見つけることができない。

四門出遊の話は、このようにつづく。ある日ゴータマは御者に馬車の支度をさせ、北の門から出る。そこで端正に衣を着け、満ち足りた顔で微笑している人を見た。その人には憂いもなく、煩悩に苦しんでいる様子もない。ゴータマは御者に尋ねた。

「彼はどういうものであるか。この世の憂いを顔にも身にも宿していず、他のものと違っている。私はあのようなものははじめて見る」

「あれは出家というものです」

御者は説明した。家庭の生活から出離し、家を出て、道の修行をもっぱらに行う。出家をすれば、この世の執着《しゅうじゃく》を捨て去ることができる。太子が出家という生き方に強い興味を示したのを感じて、御者はこういわなければならなかった。

「太子様はお若くて、身体もお元気で、父王様の跡を継いで釈迦族のカピラ城を治めなければなりません。出家をするなどとお考えになってはいけません」

四門出遊の話は、生・老・病・死の四苦を整然と説き、後年になって整理された物語であろう。四つの苦しみとそこからの離脱が単純に描かれることによって、多くの人々に理解されたに違いない。

父スッドーダナ王はゴータマ太子が出家の希望を抱いているのを感じ、現世の欲望を限りなく与える。ついに妻をめとらせたのは、ゴータマが十六歳とも十七歳の時ともいわれる。妃はヤショーダラーといい、淑《しと》やかで従順な貴婦人であったと伝えられている。妃は間もなく子を産む。ゴータマはこういったと伝えられる。

「ラーフラが生まれた」

ラーフラとは束縛ということである。悩み苦しみの後、ゴータマ・シッダッタはついに決意し、召し使いのチャンナを呼ぶ。

「今こそ世俗からの大いなる離脱をする。チャンナよ、私のために馬の用意をしてくれ」

こうしてゴータマはカピラ城を出ていく。太子として身につけていたものすべてをチャンナに与え、自分は道を求めて当時教団を導いていた仙人たちを訪ねる。だがいずれの仙人も、ゴータマの問いに満足に答えることはできなかった。

その後ゴータマは苦行林にはいり、一人で六年間修行したと伝えられている。一日に一粒のゴマ、一日に一粒の米しかとらず、黄金の色で輝いていたゴータマの身体は骨と皮になり、皮膚は黒ずんだ。食べず、水を飲まず、眠らないなど、ありとあらゆる苦行をした。不用意に虫を踏み殺さないよう、一歩一歩に注意を払って歩いた。人が捨てた布を縫いあわせたり、死者が着ていた衣を、よく洗って継ぎはぎにして糞掃衣《ふんぞうえ》に縫い、身にまとった。しかし、四苦から出離する道は見つからず、この苦行はさとりに至る道ではないと知る。この世の真理である知慧を得る道ではないと考え、ついに苦行林から出るのである。

ゴータマ・シッダッタはネーランジャラー（尼連禅《にれんぜん》）河のほとりにある小さな村にいき、村娘のスジャーターから乳粥を供養され、身体を元気にする。川岸にはゴータマがその下でこの世の真理をさとったことにちなんで、菩提樹と呼ばれるようになった木が立っていた。その時、刈った草を担いだ男がやってきて、修行者が瞑想禅定しようとしているのを見て、八束の草を供養した。ゴータマはその草を敷き、菩提樹の幹を背に結跏趺坐《けっかふざ》をした。固い決意のもとで瞑想にはいったのだが、その場所は人里離れた閑静な場所というのではなく、村人たちが往来するような生活の場所であった。生活の中で息づいている仏教の発生は、このようである。

ゴータマの集中力を乱すため、さまざまな悪魔が群れをなしてやってきては、誘惑したり脅迫したりしたと伝えられる。悪魔とすれば、この世に修行完成者が出現して善を説かれると居場所がなくなるからだ。

魔天子は空間という空間を埋めつくすほど大群をひきい、自らは巨象に乗り、千本の手にいろんな武器を持っていた。それに対抗する神々の軍もあったが、魔軍が近づくと恐怖のあまり塵《ちり》を吹き散らすように逃げ去った。しかし、ゴータマは微動だにせず禅定をしていた。攻めきれないと感じた魔天子は嵐を起こして森の樹木を吹き飛ばし、大地が割れるほどの雨を降らせ、火山を爆発させて岩の雨を降らせた。その岩もゴータマの頭上にくると、花となった。

悪魔は女人の姿になり、愛欲によってゴータマを誘惑しようとした。悪魔は人の好むところはそれぞれに違うものだと考え、自分の娘たちをまず百人の少女に、次にまだ子を産んでいない百人の女に、さらには一度子を産んだ百人の女に、二度子を産んだ百人の女に、百人の中年女に、百人の熟年の女に、それぞれ姿を変えさせて近づいていった。しかし、ゴータマは微動だにせず、まったく誘惑されなかった。

この結跏趺坐による禅定という瞑想から、禅が生まれる。禅は結跏趺坐の瞑想をすることによって、ブッダのさとりに至る道を追体験することだ。坐禅によって一歩でもブッダに近づこうとする。

ゴータマはすべてのものに打ち勝ち、ブッダとなったのである。悪魔はついに退散する。七年もの間ブッダにつきまとっていたのだが、ついにつけこむ隙を見つけることができなかったのだ。

悪魔の軍隊とは、心の中に巣喰うさまざまな欲望である。嫌悪、飢渇への恐れ、安楽へのむさぼりである睡眠、恐怖、疑惑、強情、虚偽、欺瞞、どれもが自己の内にあり、誰もが自己の内に秘めている普遍的なものである。ブッダはそれらすべてに打ち勝ったのである。

ブッダが勝利したのは、対話によってである。悪魔との対話自体がブッダの修行なのだ。ブッダはすでに完成された世界にいるのではなく、対立するものとの対話を通して、その世界を確立していく。それが仏教の方法なのだ。

仏教でいう発心即菩提《ほっしんそくぼだい》とは、道を求める心こそがすでにこの上ない境地に至っているということである。禅でいう修証不二《しゅうしょうふに》は、修行とさとりとは二つのことではないという意味で、修行の中にさとりがあるということだ。さとりというのはどこか別にある境地ではない。

ゴータマは菩提樹の下で七日間禅定してさとりを開き、ブッダとなった。その菩提樹の下のその場所を金剛宝座《こんごうほうざ》といい、インドのブダガヤに残っている。仏教では至上の聖地である。そして、そのさとりの内容を、後に仏教というようになる。

それではブッダは何をさとったのか。それが問題である。

ゴータマ・シッダッタの出家の理由は、生・老・病・死の四つの苦しみを、どのように止揚《しよう》するかということである。この苦しみは誰にでも平等にやってくる。この根本の苦しみがありながら、なおも人は苦しみを招き寄せてしまう。燃え上がる苦しみの火の中に、薪を投げ入れて炎をもっと強くしている。どうしようもなくそうしている。この苦しみの連鎖を断ち切るにはどうしたらよいかと、ブッダは瞑想をした。

ブッダは十二因縁をさとったといわれる。ブッダの根本認識の一つは、因縁である。万物の実相は、原因である因と、条件である縁とが、作用しあって現象として現われる。因と縁とは固定したものではなく、たえず移ろっていく運動体だ。すべては移ろうのであるから、永遠というものは存在しない。すべての現象、たとえば私たちの命も、因縁という関係性の中で生起し、消滅する。つまり、諸行無常ということだ。

ブッダのさとりとは、苦しみの根本原因と、苦しみの生起してくる過程を十二に分け、わかりやすく説いたことだ。それが十二因縁（縁起）である。

(1)無明《むみょう》（無知）
(2)行《ぎょう》（潜在的形成力）
(3)識《しき》（識別作用）
(4)名色《みょうしき》（名称と形態、精神と物質、心身）
(5)六処《ろくしょ》（精神作用の成立する六つの場所、すなわち、眼、耳、鼻、舌、身、意）
(6)触《しょく》（感官と対象との接触）
(7)受《じゅ》（感受作用）
(8)愛（盲目的衝動、妄執、渇きにたとえられるもの）
(9)取《しゅ》（執着）
(10)有《う》（生存）
(11)生《しょう》（生まれること）
(12)老死（無常なすがた）

無明とは根本的な無知であり、どうにもならない頑迷さで真理から遠ざかる心の闇である。無明は誰の中にもあり、この無明からすべてははじまる。⑴によって生起した因は、⑵によって形となり、⑶によって確固としたものになる。そこからどんどん補強されていき、ついには老死に至る。つまり、無明が老死を引き起こすのだ。

無明が生まれてくるのは、むさぼり、貪欲からである。むさぼりは欲望から生まれてくるとは、わかりやすいことだ。無明（無知）によって、行《ぎょう》、すなわち生活作用がある。潜在的形成力とは過去世に行った善悪の行為などのことで、無明から生じた意識を生じさせる働きでもある。つまり、その認識は根本的に誤っているのだ。その誤りが、どんどん先へと進んでいってしまう。その生活作用から、識別作用が生まれる。こうして識別の働きをなす心は、無明によってすでに条件づけられているのだ。認識する心から、名称と形態、精神と物質、心身などの名色《みょうしょく》が生まれるのである。名色のことをなお詳しく語れば、名は個人存在の精神的な方面についてのことであり、色は物質的な方面を意味する。もっとわかりやすくいえば、心と肉体だ。名色といったなら、心的なるものと物質的なるものの複合体ということになる。この心と肉体によって、六処《ろくしょ》、すなわち精神作用によって肉体の上に成立する六つの感受機能、眼《げん》・耳《に》・鼻《び》・舌《ぜつ》・身《しん》・意《い》がある。この感受機能によって対象と接触することができる。それを、触という。対象との接触によって感受作用が生まれ、それを、受という。感受作用には、衝動、妄執、渇きなどの要素があり、これを、愛という。この妄執によって、取すなわち執着が生まれる。

こうして苦しみの姿がしだいに見えるように具体的になってくる。執着によって生存があり、これを、有と呼ぶ。生存によって生という現象が生じる。ここにきて、苦しみは完全に具体的な姿をとって私たちの前に現われたのである。生は因縁から生じる無常につねにさらされるのであって、老死という苦しみから逃れることはできないのだ。

このように苦しみが生起してくる有様を順序よく説いたのが、十二因縁である。すべての現象は原因と結果によって形成されるのであるから、この十二因縁を逆にたどっていけば、無明の闇も消滅させることができる。無明が消えれば、生・老・病・死の苦しみも消滅させることができるのである。

仏教の修行とは、この十二因縁を順番通りに、また逆から、何度も何度もたどっていくことなのである。生・老・病・死という人生の苦しみを乗り越えるのが仏道修行の最終目的であり、その道の真理を人に説いて救わなければならない。それにはまず苦しみの実態を知らなければならないのだ。苦しみの実態を知ったなら、すべきことはおのずから見えてくる。ブッダのさとりとは、当たり前のことを当たり前に認識したということだ。誰にでもある一般的なことだからこそ、真理だといえる。

しかしながら、知ることとできるということは、まったく別である。そうではあるにせよ、知ることがまず第一歩なのだ。無明を消滅させ、生・老・病・死を超えた無上の安らぎの境地、これをこの上ないさとりの境地、ニルヴァーナという。貪りを離れ、怒りを離れ、迷妄を離れ、解脱を得て、無上の境地を得る道筋を、ブッダは示したのだ。そのように人を救う道こそが、仏教なのである。

道を求めるためゴータマ・シッダッタが捨てていった妻ヤショーダラーと子ラーフラは、後にブッダの弟子となって救われたと、仏伝にはある。

2005.4

お釈迦さまの限りない慈悲

勝鬘経《しょうまんぎょう》に説かれる四つの大切なこと、すなわち四摂事《ししょうじ》は、布施《ふせ》、愛語《あいご》、利行《りぎょう》、同事《どうじ》である。この四摂事を道元は『正法眼蔵《しょうぼうげんぞう》』のうちの「菩提薩埵《ぼだいさった》四摂法」の巻で、ていねいに説き明かしている。

「同事というのは、違《たが》わないことである。自分にも違わないことであり、他人にも違わないことである。たとえば人間の世界を救う如来（お釈迦さま）は、人間と同じ姿で生まれ、人間生活を営み、出家した」

つまりお釈迦さまは仏であるのに、人間とまったく違わない姿でこの世を生き、人間の寿命にあわせて死んでいった。これを同事というのである。

いくらでも超人化でき神格化できるお釈迦さまではあるが、私たちとまったく同じ姿でこの世を生き、喜怒哀楽の中を生きたのだという人間お釈迦さまは、私たちにより身近である。お釈迦さまの生涯はいろいろな局面で彩られているのだが、最晩年のお釈迦さまの人間像は、同事を生きたものとして魅力に富んでいる。

お釈迦さまの故郷カピラ城に向かっていた一行は、パーヴァーという田舎街にやってきた時に、鍛冶工の息子チュンダの訪問を受ける。鍛冶工とは金属製品を製作する手工業者であり、そのような製品を消費する社会が出来ていたということである。かつての経済の中心は農業であったのだが、自由な手工業者は新興階級として、しだいに力をつけてきていた。この新興階級とともに、仏教はひろがっていったということができる。チュンダはお釈迦さまに思い切って自分の思いをぶつける。

「尊い御方、明朝、みなさんとともに私の家に食事にきていただきたいのでございます。みなさんに食事を供養したいのでございます」

お釈迦さまはいつものとおり沈黙によってその申し出を受諾する。お釈迦さまの一行がどのくらいの規模であったのかはわからないが、全員を収容できるとしたら、チュンダの家も立派な屋敷ということになる。

翌朝、お釈迦さまは街に托鉢にでかけた。齢《よわい》八十になっても、お釈迦さまは自分の足で托鉢行をつづけたようである。年をとったからもう修行することはないと述べ、好好爺《こうこうや》として生きる人がいる。もちろんお釈迦さまの生涯には一切の妥協はなく、死の直前まで道を求める人であった。

きめられた座についてから、お釈迦さまはチュンダにいう。

「チュンダよ、あなたが用意したきのこ料理は、すべて私にください。用意したその他の柔らかな食物はすべて、修行者にやってください」

いわれたとおりにチュンダはきのこ料理をすべてお釈迦さまにあげ、その他の料理をアーナンダはじめ修行僧たちに供した。お釈迦さまは、この料理は神々や悪魔や梵天やすべての人間をふくむ生あるもののうちで、修行完成者（如来）のほかには消化できないといい、自分の前にあるきのこ料理のほかはすべて埋めさせる。チュンダはお釈迦さまがおっしゃるとおりにしてから、ようやく一つだけ質問をする。

「この世間には、どのような修行者がいるのですか」

あまりにも素朴な質問である。その率直さに、お釈迦さまはていねいに応える。

「四つの種類の修行者がある。〈道による勝者〉と、〈道を説く者〉と、〈道において生活する者〉と、〈道を汚す者〉である。苦しみから離れ、ニルヴァーナの安らぎの境地を楽しみ、神と世間とを導く人を、〈道による勝者〉という。この世で最高のものの価値を見きわめ、真理を説く人を、〈道を説く者〉という。見事に説かれた真理の言葉に生き、自分をよく制御し、落ち着いてよく気をつけている人を、〈道において生活する者〉と呼ぶ。戒をよく守っているふりをして、傲慢《ごうまん》で、いつわりに満ち、自制心はなく、しかもまじめそうにふるまう者を、〈道を汚す者〉という。在家で生活する立派な人は、修行者を見抜いてこのとおりだと知り、洞察するのだ。修行者の中に〈道を汚す者〉を見出しても、あなたの信仰心がなくなるわけではない。汚れた者と汚れない者、清らかな者と清らかでない者を、同一視してはならない」

お釈迦さまはこのようにいい、チュンダの法に対する思いを満足させた。私は中村元訳『ブッダ最後の旅――大パリニッバーナ経』の記述にもとづいて書いているのだが、お釈迦さまはチュンダが出家して自分の弟子の一団に加わることを予想していると読める。八十歳のお釈迦さまには老いが迫っていて、時間がない。それでも自分の都合をいい立てるわけではなく、お釈迦さまは在家の信者一人に向かってていねいな説法をするのだ。

こうして説法によってチュンダを喜ばせてから、お釈迦さまはチュンダより供養されたきのこ料理を食べる。そのとたん口から赤い血がほとばしり出て、死にそうなほどの苦痛に襲われた。チュンダの料理は毒きのこだったのである。お釈迦さまはもちろん知っていてこれを食べた。食べれば苦しむのは自明のことなのである。このあたりがどうも私の理解を超えたところなのだ。チュンダは知らないでその料理を供していたのだから、食べる前にそれは毒であると教えてやればいいではないか。チュンダは大恥をかくかもしれないが、その後の苦しみは味わなくてすむ。

お釈迦さまの生涯で、このことが私にとって最大の謎である。お釈迦さまは、供養されたものはすべていただくということなのだろうか。

激しい病いを起こしながらも、お釈迦さまはアーナンダにいう。

「さあアーナンダよ、われらはクシナーラーにいこう」

クシナーラーとはもちろんお釈迦さまの臨終の地である。このことでもお釈迦さまの直接の死因は、チュンダの毒きのこであるとわかる。お釈迦さまはカクッター河で最後の沐浴をし、流れを渡って岸に上がり、マンゴー林にはいっていった。それからお釈迦さまはそばにいる若い修行僧にいった。

「衣を四つに折って敷いてくれ。私は疲れた。横になりたい」

こうしてお釈迦さまはクシナーラーの二本ならんだサーラ樹（沙羅双樹）の間に横になった。

ここからの場面が、私はお釈迦さまの生涯で最も好きだ。お釈迦さまに不本意ながら毒きのこを供してしまったチュンダは、どうしたのであろうか。敬愛するお釈迦さまに毒を盛ったとして、まわりの人たちの厳しい視線に耐え切れず、いずこへか逃げてしまったのであろうか。それとも自宅で後悔と懺悔の悶悶とした時間を過ごしていたのであろうか。そのいずれでもなく、お釈迦さまの弟子となったチュンダは、そばについていたのである。これは勇気のあることだ。お釈迦さまが苦しんでいる一部始終を、チュンダは見ていた。経典にチュンダの心理が描かれているわけではないが、チュンダは強い人間だ。

お釈迦さまはいつもそばにいるアーナンダに向かって語りかける。直接話法によって、お釈迦さまの言葉はアーナンダを通してひろがっていくのである。お釈迦さまはアーナンダに向かって語っているのだが、もちろんチュンダの耳に届いている。

「私は間もなく死ぬが、私の死後、チュンダのことを誰かが批判するかもしれない。修行完成者はチュンダの供養した最後の食物を食べて亡くなったのだから、チュンダは大変な罪を犯した。今後チュンダにはどんな益もないであろうと。

アーナンダよ、チュンダをそのような目にあわせてはならない。チュンダの後悔の気持ちは、このようにいって取り除かなければならない。アーナンダよ、お前はチュンダにいって聞かせてやるのだよ」

血を吐いて苦しい病いの床にいるお釈迦さまは、自分が苦しいなどと一言もいわず、自分の苦しみの原因をつくった新しい弟子のことを心配する。自分の苦しみよりも、他者の苦しみのほうがお釈迦さまには切実なのだ。チュンダへのこの上ない慈悲が、私は大好きなのである。

「アーナンダよ、お前はチュンダにこのようにいうのだよ。

修行完成者はお前の供養した最後の食物を食べてお亡くなりになったのだから、お前は修行完成者の修行を助けて、たいへんによいことをしたといえる。修行完成者はこれまで二つの最高に実りある供養の食物をいただいた。それは菩提樹の下でさとりを開いた直後に通りかかった商人から供養された食物と、このたびチュンダから供養された食物である。チュンダのおかげで、修行完成者は煩悩の残りのないこの上ないさとりの境地、すなわちニルヴァーナにはいることができる。この二つの食物は、等しい実り、大いなる果報がある。そのために鍛冶工のチュンダはますます修行をつづけ、尊敬される立派な修行者となって、やがてはこの上ないさとりの境地に至るであろう。

修行完成者はこのように語っていたと、アーナンダよ、お前はチュンダに語って聞かせてやるのだよ」

自分に毒きのこ料理を食べさせ、死に至る病いをくれた人物に、あなたはとてもよいことをしたとお釈迦さまは語っている。安らかな死によって、この上ない平安の境地、ニルヴァーナに至ることができるというのだ。苦しみを与えた相手を恨んでいたのでは、自分自身も恨んで死んでいかねばならない。慈悲の心は、そんな恨みを遥かに超えていく。お釈迦さまにはおよびもつかないが、私もほんの少しでいいから他者にこのような慈悲の気持ちを向けるようになりたいものだと思う。

一説によれば、菩提樹の下で禅定をしてさとりの境地にはいった若いお釈迦さまの横を、隊商を組んだ商人たちが通りかかったという。美しい修行者が一人坐禅をしているのを見た商人は、その苦行者に蜜団子を供養した。蜜団子を食べて身体が元気になった苦行者は、商人たちにたった今しがた得たさとりの内容を説いた。だが商人たちにはちんぷんかんぷんで、彼らはいってしまった。お釈迦さまの最初の説法は失敗したが、身体が元気になってさとりの内容が身についたということである。それが生涯で二度きりの最高の実りある供養の食物のうちの一つであったという。

そしてもう一つが、煩悩の最後の火を消すチュンダの毒きのこだというのである。なんと深い慈悲であろうか。大パリニッバーナ経には、チュンダは喜んでますます修行にはげみ、寿命をのばす行を積み、他者の喜びを増す行を積み、幸福を増す行を積んだと書かれている。

お釈迦さまのこんなエピソードを聞くと、この人物を嫌いになることは難しくなる。

2002.8

天の妙なる音

古代の歌典を読むと、言葉の間から音楽が響いてくるように感じられる。もちろん文字で書いてあるだけなので、その音がどんなメロディーと音であるのかわからないのだが、人の精神を清浄にする心地よいものに決まっている。音楽の発生とは、絶対者出現の雰囲気の表現をつくることにあったのだろう。心地よい音楽は人から人へと引き継がれ、人々の祈りとしてこの大地に伝わっている。

私自身はインドの古代に成立した仏典に触れる機会が多いのだが、そこはなんと音楽に満ちていることであろう。ここに「大パリニッバーナ経」と呼ばれる原始仏典がある。一般に「大《だい》般涅槃経《はつねはんぎょう》」と漢訳され、北回りでは中国から朝鮮、日本へともたらされた大乗仏典である。南にはスリランカなど南方に伝えられ、小乗仏典と呼ばれる。どちらも音楽に満ち満ちているのであるが、南伝の一節を引用してみよう。

ブッダは現世での寿命が尽きようとし、故郷のカピラヴァストゥにむかって最後の旅を試みるのだが、とうとうクシナーラーで力尽きる。弟子のアーナンダに、疲れたから二本並んだサーラ樹（沙羅双樹）の間に、頭を北に向けて床を用意するように頼む。ブッダが横になった時の情景である。

さて、そのとき沙羅双樹が、時ならぬのに花が咲き、満開となった。それらの花は、修行完成者（ブッダ）に供養するために、修行完成者の体にふりかかり、降り注ぎ、散り注いだ。また天のマンダーラヴァ華は虚空から降って来て、修行完成者に供養するために、修行完成者の体にふりかかり、降り注ぎ、散り注いだ。天の栴檀《せんだん》の粉末は虚空から降って来て、修行完成者に供養するために、修行完成者の体にふりかかり、降り注ぎ、散り注いだ。天の楽器は、修行完成者に供養するために、虚空に奏でられた。天の合唱は、修行完成者に供養するために、虚空に起った。

（『ブッダ最後の旅』中村元訳より）

ここには古代仏教徒の極楽のイメージが、伝えられているのである。美しいものとして語られているのは、目に美しい花、鼻に心地よい香、耳に安らかな音楽である。天の楽器、天の合唱とは、この世で聞くことのできない素晴らしい音楽ということである。天にいかなければ聞くことができず、天とはそれほどによいところということだ。

目と鼻と耳とを刺激することが、欲望とは次元の違う清浄な世界を演出している。快楽につながる欲望に紙一重のものであるだろうが、これらの心地よさはもっぱら精神に作用するのである。

ブッダは二千五百年前の人である。その古代に、音楽は一般の欲望と切り離されて存在していたことに注目したい。ひたすら人間の欲望に奉仕する官能的な音楽も当然存在していたろうが、それよりも遥かに広く深い精神世界とも、音楽はつながっていたのだ。

マホメットがクライシュ族の厳重な監視をくぐってメディナにはいったのは、西暦六二二年七月十六日で、これをもってイスラム暦の第一年とする。「コーラン」には、生から死へと向かうのは、さえわたった喇叭《らっぱ》の音をともにとある。どんな音なのか具体的に描かれているのではないのだが、ここには深い音楽性を感じることができる。

そのうち、嚠喨《りゅうりょう》と喇叭《らっぱ》が高鳴れば、倉皇《そうこう》として墓場から主《しゅ》のみもとへ急ぎ行く。「やれ、やれ、なんとしたことか。せっかく寝ていたところを、起したのは誰じゃ。や、これはあの情ぶかい神様の約束された通りではないか。してみると使徒の言葉はやはりみんな本当だったのか」と言いながら。

霹靂《へきれき》一声鳴りひびく、と見れば忽ち誰もかれも全部我ら（アッラー）の前に引き据えられている。

「さ、今日こそは、誰一人不当な扱いされる心配はない。お前らの受けるのは全部自分のして来たことの報い。」

あれ見よ、楽園に入れて戴いた連中は、今日、楽しみごとに忙しい。女房ともども涼しい木陰にしつらえた豪華な臥牀《ねだい》に身を凭《もた》せて。あそこ（天国）では果物は食べ放題、欲しいものならなんでもある。「平安あれ（よく来た）」と、慈悲ぶかい神様からもお声がかかる。

（『コーラン』井筒俊彦訳より）


この部分を読むかぎり、天国は木陰で昼寝ばかりしていてよいので安楽で、果物は食べ放題、欲しいものならなんでも手にはいって生活には困らない。この文章に描かれていないだけで、音楽はいつも聞こえているに違いないのだ。なぜなら墓地で寝ている時、嚠喨《りゅうりょう》と、すなわちさえ渡って高らかに響く喇叭《らっぱ》の音を合図に約束の場所に向かうからである。最後の審判は、音楽とともにあるということだ。

コーランのこの部分に描かれた天国のイメージは、原始仏典のように目と鼻と耳を満足させるというより、争いごとのない安楽と、腹が減らない安楽ということである。これらすべてを総合して、人類が願ってもやまない天のイメージができ上がっていく。争いごとのない、飢餓がないというのは現実の裏返しなのであるが、音楽が響いてくるというのは現実の出来事なのだ。

宗教とは精神世界の大系化である。宗教に音楽がつきものだというのは、音楽には人の精神を清浄にする働きがあるということなのだ。精神を清浄に保つということが、人間にとって何事にも増して重大な関心事であったのだ。

大乗仏典の中の仏典と呼ばれる「法華経」にも、音楽はふんだんに描かれる。ブッダの説法を讃えると、まずたいてい虚空から曼陀羅華（マンーダーラヴァ華）などの花の雨が降ってくる。この世の美しいものをすべて集め、そこに音楽が鳴り響く。私が意訳をすればこのようである。

梅檀《せんだん》や沈香《じんこう》の粉が天から降ってきました。天の鼓の妙なる音が響いていました。千種類の天衣《てんね》が降ってきましたし、首飾りや真珠の首飾りや宝石の首飾りが、頭上高い空中のあらゆるところに浮かびました。数えきれないほどの香炉には、香がたかれました。

（「如来寿量品第十六」より）

清らかで美しいシーンには、必ず妙なる音楽が響いている。その音楽は大地に響きつづけ、祈りとなり、人々の胸に響きつづけているだろう。今私たちが聞いている音楽と、さほど違っているとも思えない。今ここに響いている音楽なのだ。

「天の鼓の妙なる音」とは、太鼓のムリダンガムとタブラー、撥《ばち》弦楽器のシタールとサロードや、弓奏《きゅうそう》楽器のサーランギーなどを通じて、昔の響きが現代にも生きていると感じることではないだろうか。こうした想像をすると、古代の文献から音楽が耳に響いてくる。

2008.6

高貴な精神性

静かな心に染《し》みるハンドチャイムの音色を聞いていて、すぐれた音楽は心の中に風のようにはいってくるのを感じた。音楽は宗教行事には絶対に必要なものだろう。たとえば葬式で、これまで生涯をともにしてきて、喜びや悲しみを分かちあってきた人との別離に直面し、人は感じやすくなっているものだ。心は構えを解き、諸行無常《しょぎょうむじょう》の仏の教えも率直に受けとめることができる状態になっている。その時、音楽とともに言葉がはいってくるのだ。音楽も言葉も純粋で素晴らしいものでなければならない。そんな状態でこの仏教讃歌（『CDブック　仏教讃歌』大法輪閣）を聞くといいなと思ったしだいである。

宗教行事に音楽が必要なのは、人の心を柔和にするからである。音楽性のない宗教行事は荘厳さに欠け、ここが特別な場所なのだというシグナルに欠ける。過度の音楽は享楽になってしまうが、人の精神を耕すような音楽は、その場が特別で、これからの言葉や行為は心の中にまっすぐ受け止めるのだという心構えを促《うなが》すためにも、必ず必要なものなのである。ハンドチャイムの仏教讃歌を聞きながら、私の耳にこんな言葉が響いていた。

凡《およ》そ仏道修行には何の具足《ぐそく》もいらぬなり。松風に睡《ねむり》をさまし、朗月《ろうげつ》を友として究《きわ》め来《きた》り究め去るより外の事なし。

鎌倉時代の華厳宗の明恵《みょうえ》の「遺訓」である。仏道修行にはどんな道具もいらない。松風は音楽として鳴り響き、朗月が皓々《こうこう》として天の音楽をかなでている。

私は明恵が住持していた京都栂尾高山寺《とがのおこうざんじ》で、レプリカであったのかもしれないのだが「明恵上人樹上座禅像」を見たことがある。お寺の方丈にあまりにも無造作に掛かっていたからレプリカかなと後で思ったのだが、本物でもどちらでもよろしい。弟子の恵月坊成忍《じょうにん》が描いたと伝えられ、明恵は松風の音楽が聞こえてくるような森で、松の枝の上に坐禅をしている。根元には下駄がはき捨ててあり、かたわらの枝には香炉と数珠が掛けてある。下駄も香炉も数珠も、何の具足もいらぬという明恵にとっては、脱ぎ捨てるべきものであったのかもしれない。鳥が楽しそうに木の間を飛び交い、りすが駆けまわっている。明恵は何もかもが自然なのである。

この「遺訓」には、次の言葉がつづいている。

又独り場内床下に心を澄まさば、いかなる友かいらん。たとへば猶《なお》その上は罪あるによりて地獄に堕《おち》ば、退位の菩薩の地獄にあるにてこそあらめ。本より地獄には諸《もろもろ》の菩薩ありと云へば、畏《おそろ》しからず。

こうして自然を本当の友とする心を持てば、地獄に堕ちる覚悟がいるということだ。しかし、地獄にもまた菩薩がいるから、何を畏《こわ》がることがあろうか。たとえば地蔵菩薩は自ら誓願して地獄にとどまり、救っても救っても救い切れない衆生を救いつづけようとしているのだ。「明恵上人樹上座禅像」には、すべてを捨てて自然とともにあろうとする明恵の、清々しい決意が感じられる。これほどに尊い姿はないのではないだろうか。

私は仏教讃歌を聞き、明恵のこの画像を思い描いた。もちろん明恵は松風の音や小鳥の声を聞いていたのだが、私たちの精神は、ハンドチャイムの音を森の中を吹き渡っていく松風のさやぎに変える。音楽とはそのようなものであるはずだ。

高貴なのは精神性である。この精神性である音を一つ一つ積み上げていき、音楽とする。これが人の持つ最も高貴な精神性であると、私は思う。

よい音楽を聞かせてもらい、私も明恵のように樹上坐禅をしているような気分に、しばしなったのである。

一番近くにいた菩薩

この本（『要約　日本の宗教文学13篇』佼成出版社）を読む人に、ぜひともいっておかなければならないことがある。

「完全読破の気分になれる！」ということは、この豊饒《ほうじょう》な文学の世界に誘う上で必要かつ重要なことなのであるが、ここから第一歩がはじまるのである。家の前に立ち、玄関をのぞいたくらいなのだから、これですべてを知った気になっても困るのだ。ここから本当の文学の奥座敷に入ってきてもらいたいものである。短編仕立てになったこれらの作品は、どれもが深い奥座敷を持っているのだ。

日本の名作であるから、宗教は仏教となるのは当然だ。仏教の世界でテーマとなっているのは、因果である。悪をすれば、必ず悪い報いがある。刹那《せつな》をうまく切り抜けたとしても、何倍にもなって絶対に報いはやってきて、悪をなした人物を滅ぼすのである。仏教の永遠のテーマというのは、聖徳太子が臨終の際に山背大兄王《やましろのおおえのおう》をはじめとする皇子たちに残した遺訓であろ

2004.7

う。『日本書紀』の「舒明《じょめい》天皇即位前記」には二句しか記載されていないのだが、本来は次の四句からなる。

諸悪莫作《しょあくまくさ》（もろもろの悪をなさず）
諸善奉行《しょぜんぶぎょう》（もろもろの善を行い）
自浄其意《じじょうごい》（自らおのが心を浄めよ）
是諸仏教《ぜしょぶっきょう》（これが仏教の教えである）

これをどのように実現するのか。教えを教えのままに説くのではなく、人の日常生活に即し、生活感情の中に表現するのが文学なのである。あるがままの人生の中に、どのようにしてこの仏教の教えを実現しようかと試みたところに、仏教文学が成立する。

悪をなさず、善をなすには、どうしたらよいのか。この濁りきった人の世で、現実をどのように生きたらよいのか。ここですぐに思い浮かぶのが、法華経従地湧出品《じゅうぢゆじゅつほん》第十五の次の経文である。

不染世間法　如蓮華在水（世間の法に染まらざること　蓮華の水に在るが如し）

蓮は泥の中でしか生きることはできないが、その泥に染まらず、美しい花を咲かせる。泥のように汚れたこの苦しい世間で、人もその悪しき泥に染まることなく、美しい花を咲かせることができる。これは菩薩行ということの譬《たとえ》なのである。

法華経の現実認識は厳しいのだが、それ以上に楽天的な希望がそこにはある。どんなに汚れた苦しい世の中であろうと、世間には数多くの菩薩が地中など見えないところに潜んでいて、何事かがあると涌出してきて人を救う。このように法華経に説かれていることを、現実の人の暮らしの中に描いた作品が、日本の文学には数多くある。

たとえば山本周五郎の『ちゃん』である。蒔絵《まきえ》の下地掛けから九十日もかける高価な五桐火鉢《ごとうひばち》づくりの職人重吉は、物づくりに誰もそんな手間暇をかけなくなってきたので、注文もなく時代に取り残されていく。自分がいたら家族のためにならないと悲愴な覚悟で夜中に家を出ていこうとした重吉を、女房のお直がとめていう。

「お前さんの仕事が左前になって、その仕事のほかに手が出ないとすれば、あたしや子供たちがなんとかするのは当然じゃないの。楽させてやるからいる、苦労させるから出てゆく、そんな自分勝手なことがありますか」

女房にそういわれながらも家を出ていこうとする重吉に、次々と起きてきた子供たちは、自分もいっしょに家を出ていくという。

「おめえたちは」と重吉がしどろもどろに云った、「おめえたちは、みんな、ばかだ、みんなばかだぜ」

「そうさ」と良吉が云った、「みんな、ちゃんの子だもの、ふしぎはねえや」

おつぎが泣きながらふきだし、次に亀吉がふきだし、そしてお芳までが、わけもわからずに笑いだし、お直は両手でなにかを祈るように、しっかりと顔を押えた。

神も仏も出てくるわけではない。しかし、この作品が宗教文学に位置付けられるのは、法華経の世界を一般の世間で実現しているからだ。「ちゃん」と呼ばれる父親が困った時に、地涌の菩薩が出現する。隠れていた菩薩性が露わになってくる。その菩薩とは女房や子供たちのことで、一番身近にいたのである。

この本にとられた作品は、救いに満ちている。人間の善良な本性を描いているからこそ、救いになるのである。

煩悩とともに生きる

2007.12

自慢になるはずもないのだが、私には煩悩などいくらでもある。あとからあとから湧き出してくるので、滅することなどとても不可能である。私はうまいものを食べたいし、美酒をガブガブ飲みたいし、美女のオッパイにも触わりたい。誰も見たことのないような美景の前に立ちたい。温泉にはいってのんびりしたい。一日中何もしない時間をつくりたい。

あれも欲しい、これも欲しいで、あれもしたいこれもしたい、あそこにもいきたいここにもいきたい。いい家にも住みたいし、いい絵も見たいし、いい音楽も聴きたい。仏像などを見て癒されたいし、映画も観たい芝居も観たい。人のやることはなんだってやりたいのである。そんな欲望が活動源になっていて、社会全体で見れば人間の内包する果てのない欲望が、資本主義経済の原動力だ。

私の腹を断ち割ってみれば、欲望まみれで、腐臭を立てているだろう。欲望をきれいさっぱり滅するなど、とても不可能である。そもそも私の一番の望みはいい小説を書くことだが、小説は「私」もしくは「我」から発する認識なのだ。欲望まみれの私が書くのだから、最初から煩悩で染められているので、清潔なものとはとてもいえない。居直るつもりもないのだが、この社会で生きるということは、煩悩にまみれることだ。煩悩をとってしまったら、「私」としてとても存在することができないと思える。

ここまで書いてきて、煩悩とはわかっているようでわかっていないのだと、はたと気づいた。煩悩を定義するのは難しい。そこで私は座右の書にしている、中村元著『広説佛教語大辞典』（東京書籍）を引くのである。

ぼんのう【煩悩】悪い心のはたらき。煩擾悩乱の意。わずらいなやみ。心身をわずらわし、悩ます精神作用。心身をわずらわすはたらき。心身を悩ますもの。心のけがれ、よごれ。妄念。要するに、心身を苦しめ、わずらわす精神作用の総称。惑ともいう。潜在的なものを含める。さまざまな分類があるが、根元的煩悩として三毒（三垢）、すなわちむさぼり（貪）・いかり（瞋）・おろかしさ（癡）をあげるのが代表的である。

またこうも書かれている。

唯信文意に「煩とは身を悩ます。悩とはこころをなやますなり」。悩は身へかかる。わずらはすと云ふは、事の多い面倒なことを煩はすと云ふなり。悩の字は心を悩すとは気色の悪きこと。

要するに煩悩とは「心身をわずらわし、悩ます精神作用」のことで、おいしいものを食べたいと思うことが果たしてこれにあたるだろうか。いつもそのことを考え、他人を押しのけ、そのためにまわりのことが見えなくなってしまえば、煩悩といってもさしつかえないかと思う。しかし、ただ考えるくらいなら、「心身を苦しめ、わずらわす精神作用」とまではいえないのではないだろうか。

実際に私たちの生活でも、うまいものを食べることに夢中になり、必ずそれを得るために激しい競争をして、まわりの人に嫌われるというような過剰な行為は、めったにないといってもよい。ただなんとなく食べたいなあと、ぼんやり考えるくらいだ。かの仏教辞典の定義では、この程度のことは煩悩とはいえないということになる。

貪瞋癡は誰にでもある。欲望があり、人を怒り、なまけたがる。こんなことのない人間はいないといってもよいだろう。煩悩をなくそうとしても、もちろん簡単なはずはないが、結局のところなくそうとしてもなくすことができないのである。たとえばきれいさっぱり煩悩を滅しつくしたとしたら、人間を描く小説は、人間の苦悩を書くのであるから書けなくなる。

つまるところ、私たちは人間として煩悩とともに生きるしかないのである。そして、できることといえば、その煩悩を少しでも小さくすることだ。

同じ辞典にこのような言葉がある。

ぼんのうそくぼだい【煩悩即菩提】煩悩がそのままさとりの縁となること。さとりの現実をさまたげる煩悩も、その本体は真実不変の真如であるから、それを離れた法はないので、そこにさとり（菩提）の名を立てて両者の相即をいう。

煩悩も真理なのだから、自己の煩悩を認識することからさとりの境地にはいることができるというのである。つまり、煩悩をそのまままきれいさっぱり捨てることはできないということで、私たちは自分の煩悩とともに生きるしかないということだ。

2007.9

般若心経を読むという意味

般若心経は最初に観自在菩薩《かんじざいぼさつ》、即ち観音菩薩が登場したことで、人を苦悩から救済する教典だということがわかる。自分自身の悩みや、苦しみばかりでなく、菩薩は人の苦悩も感じなければならない。観世音《かんぜおん》とは人の苦しみの声を聞く行為のことであり、観自在とは自己と他人の苦しみの前で自由自在であることだ。

「観自在（観世音）菩薩が深遠でこの上ない智慧《ちえ》の完成を実践されていた時、この世の成り立ちとはすべて空《くう》であると見きわめられ、あらゆる苦しみを取り除かれた」

この空の認識が「智慧《ちえ》の完成」ということなのである。その境地に至るために、観自在菩薩はまずこの世の成り立ちを見つめたというのである。すると五つの集まりでできていることがわかった。それを五蘊《ごうん》といい、物質と精神を五種に分析したもので、その内容とは色《しき》・受《じゅ》・想《そう》・行《ぎょう》・識《しき》である。色は物質一般で、身体および物質である。受は感受作用のことで、感覚、単純感情のことだ。想は心に浮かぶ像で、表象作用である。行は意志、あるいは衝動的欲求にあたるべきで作用で、潜在的形成力であり、受想以外の心作用一般であると解される。識は認識作用、もしくは識別作用で、区別して知ることであり、心作用全般を総括する心の活動、意識そのものである。

色は身体であり、受・想・行・識は心に関することで、あわせて身心であり、私たち個人の存在は物質と精神の五つの要求の集まりが、独立した我をつくっているのである。この五蘊がこの世の成り立ちであると、観自在菩薩は認識したということである。

身体と精神によってできている私たちは、この二つを分離することはできない。また精神の作用も、感覚、表象、意志、認識とに分けられる。般若心経はこの世の成り立ちの基本を認識するところからはじめる。

見つめて認識するだけでは、この世の成り立ちを知ることはできるが、何も変わりようがない。観自在菩薩はこの世の苦しみから実際に人を救おうと誓願したのだから、その苦しみの根本原因を取り除かなければならない。

「度一切苦厄《どいっさいくやく》」とは、この世の一切の苦しみを取り除いたという意味である。人にとっての苦しみの根本は四苦、すなわち生・老・病・死である。この誰にでも平等にある苦しみを、観自在菩薩は根本的に取り除いたというのだ。そのダイナミックな展開が、この後になされるのである。

「色不異空《しきふいくう》」とは、形あるもの、すなわち身体などの物質は、空《くう》に異《こと》ならずということである。つまり、空ということで、いつまでもその姿でいることはできないということだ。頑丈にそびえ立つ高山であっても、風雨に削られてどんどん形を変えていき、一個ずつの岩になり、やがては一粒一粒の砂になってしまう。永遠の命などというものはない。そうではあるにかかわらず、永遠に生きたい、老いるのはいやだ、病気にかかるのも避けたい、どんなことをしても死からは逃れたいと願うものだから、そこから苦しみが生まれてくる。

「空不異色《くうふいしき》」とは、空も形あるものと違うものではないということだ。空はことに形のあるものではないのだが、形あるものも空なのだから、空を使いこなさねばいけない。生老病死から逃れることはできないはずなのに、生に執着してやがて死に至る自分を拒否しても拒否してもただ苦しみが寄りそってくるだけなのである。だから空を認識し、空を使いこなせば、生きていくことがどんなにか楽になるだろう。岩山もいつまでも岩山の姿をしていなければならないと精神が思ったとしても、風が激しく吹き付けてきて風化作用が起こり、同じ形を保っていることは不可能なのだ。不可能にこだわっていても、そこからは苦しみしか生まれない。真理に従って生きなさいと般若心経は説き、その真理の内容を語ってくれるのだ。

「色即是空《しきそくぜくう》　空即是色《くうそくぜしき》」が、般若心経の思想の中核である。これを直訳するなら「形ある存在とは実体がないのであって、実体がないからこそ形ある存在となる」ということだ。これが空の思想の根本なのである。

　ここに「私」という存在がある。「私」は五蘊《ごうん》であり「私」を形成する身体と心とがある。しかし、この「私」は最初から永遠のものとして存在しているなどということは絶対にない。ここに「私」が存在するということが、遥かな縁によってであり、奇蹟《きせき》といってもよい得難い縁があるからである。縁の起源をたどっていけば、無限の時間を遡《さかのぼ》ることができる。

　たとえば地球ができたのは四十六億年前で、生命が誕生したのが三十八億年前のことだ。因果はそこからもはじまっていて、そのずっと先からすでにはじまっているのである。地球誕生から生命誕生に至り、数限りない因果と因果とが連なり結びあって、今日生きている「私」となる。無数の「私」となるのである。

　人は一人でこの世に生まれてくるのではない。すべての現象の成り立ちのもとは、因から発する。因は縁によって生成し、果となって結実する。「私」は一個の現象であり、限りない原因と条件とが組み合わさり、そこでまたさまざまの作用がある。その結果の現象の一個として「私」が在《あ》るのだ。すべての命は縁によって生じ、縁によって消滅する。縁はたえず休みなく移ろっていくのであるから、永遠の「私」ということは存在しようがない。

因縁は自分の力で制御できるようなものではない。自分の力からは遠く離れた壮大なる力を持った縁によって「私」はこの世に存在しているのだ。人もすべての生きものも親があってはじめて生まれるのであるが、「私」の両親もそのまた親から縁をもらい、次から次へと生命を受け継いできたのである。

こう考えると、縁の不思議さがよくわかる。誰にも父と母という二人の親がいて、その両親にはまた両親がいて、二代目の祖父母は四人になる。その前の曾祖父母は八人になり、こうやって先祖を遡っていくとどんどん数を増やしていく。十代前までいくと、千二十四人になる。どんどん数えていって二十八代までたどると、数字の上では、なんと二億六千八百四十三万五千四百五十六人である。

二十五歳で子供を産むとして、その二十五年を一代と数えると、七百年である。七百年前の二億六千八百四十三万五千四百五十六人の親の縁から、「私」は生まれているということになる。その人たちの命を受け継いで「私」はこの世に存在している。「私」は子供であるが、同時に親でもある。これを逆算していけば、七百年後には「私」は二億六千八百四十三万五千四百五十六人の親になるということだ。縁の不思議さはたとえばこのようである。生命誕生の瞬間から考えると、「私」がこうしてここに存在するのは奇蹟の中の奇蹟のもう一つの奇蹟ということになる。幾つ奇蹟を重ねてもいい切れないほど得がたいことなのである。

「色即是空《しきそくぜくう》　空即是色《くうそくぜしき》」を直訳すれば「形がある存在とは実体がないのであって、実体がないからこそ形ある存在となる」ということである。一人が二億六千八百四十三万五千四百五十六人になるというまことに得難い縁を、空というのである。しかも、縁は刻一刻と変化をしていき、絶対のものや固定したものはそもそも存在しない。これが般若心経の立場である。

人生は楽しいこともあるが、それがいつまでもつづくわけではない。同時に悲しみも、いつまでも同じ状態であるのではない。激しい勢いでどんどん移り変わっていくからこそ、苦しみも忘れることができるのだ。因縁果が働かなかったら、楽しみも消えないのかもしれないのだが、苦しみもいつまでも残ってしまう。楽しい人生がある一方で、悲しいばかりの人生があるようになってしまう。ちょっと考えただけでも、そのようなことはあり得ないのである。つまり、移ろいこそが真理であるということになる。

般若心経は空観を説いて次のようにつづいていく。

「是諸法空相《ぜしょほうくうそう》　不生不滅《ふしょうふめつ》　不垢不浄《ふくふじょう》　不増不減《ふぞうふげん》　是故空中無色《ぜこくうちゅうむしき》」

この世においては存在するすべてに実体がないのだから、生じもせず、滅しもせず、汚れもせず、浄《きよ》らかにもならず、増えもせず、減ることもない。それゆえに、空には形ある存在はない。

　このような意味である。「是諸法空相」とは「すべての真理は空である」ということで、人はどんなことをしてもその真理と違《たが》うことはできない。空を認識しようとしまいと、空を生きているのだ。般若心経を受持しようとしまいと、般若心経を生きているということになる。何故ならば「是諸法空相」ということであるから、誰の上にも真理は働くのだ。認識しようとしまいと、意識しようとしまいと、真理の流れから逃れることはできない。知らないで真理の流れに呑《の》み込まれているよりは、知っていたほうがよい。般若心経を唱えるということは、誰の上にも働いているこの世の真理を心の中にしっかりと認識することなのだ。

　つまり、この世においては存在するすべては因縁果の運動によって生じているにすぎず、実体というものがあるわけではない。人も一箇所に永遠にとどまっているわけではない。人生の素晴らしい時をもたらしてくれた若さという喜びも、時の流れとともに消えてしまう。それこそが真理であり、誰もそのことに逆らうことはできない。若さにしがみついていると、その大切なものは必ず失われるものなのだから、苦しみばかりを呼び寄せることになる。同時に悲しみも、次から次と生まれてくる時が忘れさせてくれる。新しい時がたえず生まれ、生まれたとたんに消えていく。それが真理であるからこそ、この瞬間瞬間を一生懸命に生きていかねばならないという励ましになる。失われた時は、二度と戻ってはこないのである。

般若心経の思想とは、その空観である。苦しみを呼び寄せる執着は「この世においては存在するすべてに実体がない」という思想の前に、見事に消え失せるはずである。

「無受想行識《むじゅそうぎょうしき》　無眼耳鼻舌身意《むげんにびぜっしんい》　無色声香味触法《むしきしょうこうみそくほう》　無眼界《むげんかい》　乃至無意識界《ないしむいしきかい》」

感じたり、想《おも》ったり、意志を持ったり、知ったりすることもない。目で感じることもなく、耳で感じることもなく、鼻で感じることもなく、舌で感じることもなく、身体で感じることもなく、心で感じることもない。形もなく、声もなく、香りもなく、味もなく、触感もなく、心が向かう対象もない。眼で見える世界から、意識される世界まで、すべては存在しない。

「無無明亦《むむみょうやく》　無無明尽《むむみょうじん》　乃至無老死《ないしむろうし》　亦無老死尽《やくむろうしじん》」

人の苦しみの根源である無明《むみょう》もなく、はじめからないのだから無明がなくなるということもない。こうして老いも死もなく、また老いと死がなくなるということもない、というところに至る。

「無苦集滅道《むくしゅうめつどう》　無智亦無得《むちやくむとく》　以無所得故《いむしょとくこ》」

苦しみも、苦しみがやってくるところも、苦しみをなくしてしまう道も、すべてない。苦しみを知ることもないし、苦しみを得ることもない。苦しみを得ることがないからこそ「菩提薩《ぼだいさつ》埵《た》　依般若波羅蜜多故《えはんにゃはらみったこ》　心無罣礙《しんむけいげ》　無罣礙故《むけいげこ》　無有恐怖《むうくふ》」

もろもろの菩薩の智慧《ちえ》の完成の中に安心していることができて、心がこだわることがない。心がこだわらないからこそ、恐怖もない。

「遠離《おんり》一切《いっさい》顛倒《てんどう》夢想《むそう》　究竟《くぎょう》涅槃《ねはん》」

ものごとを正しく見ることのできない迷いから遠く離れ、この上ない永遠の平安に満たされている。

智慧の完成とは、この真理の中に円《まど》かにこの身をひたしていることなのである。般若心経はこの世の真理というものはどういうもので、どうすればよりよく生きていけるかを明確に説いた智慧の教典なのである、般若心経を読むとは、この智慧をたえず確認することである。

2001.12

良薬としての般若心経

一見いかにも満ち足りていて、幸福そうであっても、たいてい人は苦しみを持っているものだ。他人にはうかがい知ることのできない悩みを抱いているものだ。私自身もそうなのだから、そのことを断言してもよい。

個人的な人間関係ばかりでなく、人生そのものが矛盾に満ちているために、生きることが苦しいのである。たとえば生と死とはまったく反対のことなのに、生きていれば必ず死が待っている。死というものは、生というものがなくては存在しない。まったく正反対のものが同居しているからこそ、その矛盾で人生は苦しいのだ。会うということと、別れということは正反対なのに、会うが別れのはじめなりということになる。会わなければ別れもないのだから、それなら会わなければいいではないかと論理上はなるのだが、実人生では人が人を求めないでいることはできない。自分一人だけでは人生の荒波を越えることはできないのである。

どのようにしていても、生きているかぎり苦しみは湧いてくる根本の原因があり、幾つもの条件によって形づくられるという因果律から見るなら、生活を送る私たちは毎日毎日因果の種を蒔《ま》いているということになる。しかも、同じ時は二度となくて、今のこの時間はたちまち消えていき、因果によってつくられた時が後から後からやってくる。これを無常というのだが、鎌倉時代の人は、無常ということを考えると居ても立ってもいられなくなると書き残した。

考えすぎるから、人生が恐ろしいように感じてしまう。考えても考えなくても人生の時は流れていくのだから、考えないようにすればいいではないかという人がいる。意識してか、もとよりまったく考えないのか、この世を成り立たせる真理について思いを致さないほうが、日々幸福に生きていけるとしている人々がいる。しかし、そんな人々にも因果は容赦なくめぐりきたって、幸福にあるいは不幸に導くのである。真理は誰にも分けへだてなく働くのだから、その働きについて知ったほうがよい。いや積極的に知るべきであるというのが、般若心経の立場なのである。

この世の成り立ちに苦しむ人々にとって、般若心経は最高の良薬である。苦しみについて、そんなものはそもそも存在しないと説いているのだ。火種である因があり、その火を燃え上がらせるために縁としての薪をほうり込むから、あんなにも苦しみの炎が立ち騒ぐのである。それならその縁をしずめる方法はあるのだし、因も消滅させてしまうことができる。すべては空なのだから、苦しみは自分の心がつくり出したにすぎないのだと、般若心経は説いてくれる。般若心経はまさに心によく効く良薬なのである。

般若心経の一字一句と向きあってきた私は、『紺地金泥　般若心経』（小学館文庫）の後記を書くにあたり、気分が実に爽快《そうかい》になってきたのである。私は般若心経を深く体験したと語って、ペンを置く。

2009 秋

観世音菩薩の時代

平家物語の巻第一「殿上闇討《てんじょうのやみうち》」には、平清盛の父の忠盛が備前守の時、鳥羽上皇の勅願によって得長寿院《とくちょうじゅいん》を建立して献上し、そのうちの三十三間堂の御堂に一千一体の仏像を安置したことが書かれている。仏事供養は天承元（一一三一）年三月十三日であった。忠盛は寺院建立の褒賞《ほうしょう》として欠員となっていた但馬国の国守に任じられ、清涼殿の殿上の間に昇殿することが許された。旧来の殿上人は武門の出である三十六歳の忠盛の昇殿をねたみ、闇討ちをしようとした。忠盛は鍔《つば》のない短刀の鞘巻《さやまき》を束帯《そくたい》の下に無造作に差して参内し、静かにこの刀を抜き払って殿上人たちの度胆をぬいた。おかげで闇討ちは決行されなかった。こうして平家一門は権勢を掌握していく。

三十三間堂の御堂とは柱と柱の間が三十三あるということである。蓮華王院の三十三間堂は、後白河法皇の離宮の法住寺殿の一画に、法皇が平清盛に勅命し、長寛二（一一六四）年に創建した。忠盛の権勢を引き継ぎ、いっそう拡大したのが清盛である。父が得長寿院の三十三間堂を建てた三十三年後に、清盛が三十三観音にちなむ三十三という年数を置いて建立したのである。

父の建立した得長寿院は跡形もなく消滅したが、子清盛の蓮華王院は二度の震災をへて見事に復興されたのである。

千体の千手観音が居ならぶ三十三間堂の様は壮観の一言に尽きるのだが、この観音に真向かって立っていると、救いを渇望していた中世の人々の心の中が痛々しいほどに見える気がしてくるのだった。平氏にあらずんば人にあらずとまでいわれ、一身に権力を集中させた清盛であったが、治承五（一一八一）年閏二月四日激しい熱病の中を死んでいく。蓮華王院を建立してたった十七年後である。平家物語の「入道死去」の描写はすさまじい。

「同《おなじき》四日、病にせめられ、せめての事に板に水を沃《い》て、それにふしまろび給へども、たすかる心地もし給はず、悶絶躃地《もんぜつびゃくち》して、遂にあっち死《じ》にぞし給ひける」

熱病に責められ、せめてもの処置として板に水を流し、それに寝転ばれたが、助かる心地にもなれず、悶絶し七転八倒して、もがき苦しみながらついに死んでいったということである。この世の悪業の因果にまみれ、もちろん行き先は地獄である。清盛は人間が体験する恐怖の極地を示しているといえる。

清盛が堕ちている悶絶躃地とは、まさに法華経観世音菩薩普門品第二十五に描かれている光景である。平家物語の作者が清盛のそばにいて苦しみの実態をつぶさに見ていたとも思えないから、噂を耳にしたか、あるいは想像力で描いたのであろう。平家物語「入道死去」には、なおすさまじい描写がある。

「比叡山より千手井《せんじゅい》の水をくみくだし、石の船にたたへて、それにおりてひへ給へば、水おびただしくわきあが（ッ）て、程《ほど》なく湯にぞなりにける。もしやたすかり給ふと、筧《かけひ》の水をまかせたれば、石やくろがねな（ン）どの焼けたるやうに水ほどばし（ッ）て寄りつかず。おのづからあたる水はほむらとな（ッ）てもえければ、黒煙殿中《くろけぶりてんちゅう》にみちみちて、炎うづまいてあがりけり」

千手井とは比叡山東塔西谷の行光坊の下にあり、山王院千手堂の千手観音に供える水を汲んだ閼伽井《あかい》である。比叡山から千手井の水を汲んできて石の槽《ふね》にたたえ、清盛が熱い身体を冷やすため水に漬かると、水は激しく沸き立ち、たちまち湯になってしまった。もしかすると助かると思って、筧の水を引いて身体にかけると、焼けた石や鉄に当たったかのように水はほとばししって肌につかない。たまたま身体に触れた水は、炎となって燃えた。黒煙が殿中に満ちて、炎は渦まいて燃え上がった。

まことにすさまじい情景である。こんな状態ではとても生命が維持できるとも思えない。清盛の悪業が救えないほど極悪だという表現なのだが、清盛の置かれた光景は焦熱地獄そのものであり、生きながら焦熱地獄の炎に焼かれたということだ。当時の人々が最も恐ろしいと思っていた光景が、ここに描写されている。

平家物語では次に東大寺別当であった法蔵僧都《ほふぞうそうづ》が、地獄で獄卒の責め苦をうける亡母を目撃し、法華経の書写行を積み母を忉利天《とうりてん》に生まれさせたとされている。平家物語では法蔵の伝承が語られる。閻魔王は法蔵の孝行を哀れみ、獄卒をともなわせて焦熱地獄に遣わした。鉄の門の内は炎が流星のように空に立ち昇り、数千里の高さになったということである。

また清盛の北の方の二位殿の見た夢は、まっすぐ地獄につながっていた。激しく燃え上がる車を門の中に引きいれると、車の前に無という文字が書かれた鉄の札が立てられている。前後に馬の顔をしたものと牛の顔をしたものとが立っている。閻魔庁から清盛入道を迎えにきたという。東大寺の金銅十六丈の盧遮那仏《るしゃなぶつ》を焼き払った罪による無間地獄の底に落とされることが決まったが、無間地獄の無しか書く隙がなかったというのだ。

二位殿はあまりの恐ろしさに、霊験あらたかな神社仏閣に宝物を献納し、病気平癒を祈願したが、効験はなかったということである。清盛の悪業の深さに、神仏さえもどうすることもできなかったのだ。
このあたりの平家物語の描写は、もちろん物語の結構をつけるための強調がなされている。そういえばかの清盛は、蓮華王院の三十三間堂を建立し、千体の千手観音を造像せしめた人物なのである。ここに清盛の自らの救いという意志が込められていることであろう。現世の苦悩から最終的に救ってくれるのは観世音菩薩である。千体の千手観音を刻ませて一堂にならべるのは、己れの罪深さを自覚しているからに他ならない。
法華経観世音菩薩普門品第二十五にはこう書かれている。私の現代語訳である。

妙《たえ》なる音、世を観ずる音、慈・悲・喜・捨の四観《しかん》をもって照らす清浄な音、潮の行き来をたがえない海潮音のように衆生救済の時を失わずにでる音、音楽の奥義を極めた観世音菩薩は、すべての音に心を傾ける。お前はこの観世音菩薩をいつも心に念じておくのだよ。決して疑ってはならない。浄らかな聖《ひじり》である観世音菩薩は、苦悩と死の災いにおいて、救済者であり、最後のよりどころなのだ。

三十三間堂の一千体の千手観音と向かい会っていると、交響曲のような荘厳な音楽が聞こえてくるような気がするのは、観音が音楽の奥義を極めているからである。音楽とは、「潮の行き来をたがえない海潮音のように衆生救済の時を失わずにでる音」で、音楽の奥義を極めてすべての音に心を傾けている観音は、その声を聞き洩らすことはない。たとえ清盛のこの世のすべての苦しみを集めたような苦悩の叫びでもである。誰彼と差別《しゃべつ》することなく、すべてを救うのが仏なのだ。

観音を観じていて、詩が生まれた。私とすれば珍しいことである。

観　音

やたらにたくさん目のついた
手を持っているが、
あれは何だ。

頭は十一では足りず、
身体は三十三でも足りず、
手は千でも足りない。
八万四千でも不足だ。
いたるところ手と目で、
六根全身手眼《しゅげん》でないものはなし。

千体の身を擁しても、
深く沈黙し、
無限無辺の時の中で、
いつも静かに笑っている。
柔らかな慈悲の光よ。

身は一つ。
頭も一つ。
目は二つ。
手も二つ。
本来これで充分ではないか。
観音は六根全身
目と手として、
そこにある。

救っても救っても、
救い切れない人々を

救いつづけ、
思いのままにそこにある。

千体が沈黙の中で瞑想する姿は、それは沈黙の極というものである。観音には救いを求めるどれほどの数の声が届いているのかと、私は考える。観音は救っても救っても救い切れない衆生を救いつづけてきたのだが、いつの時代もそうでありながら、今の時代も救いを求める声がいたるところに響き渡っている。

源平の合戦でどれほどの人が死んだのかわからないが、現代は年間三万人もの人が自殺しているのだ。一日当たりおおよそ百人にもなる。戦さで殺されたものと、時代の矛盾の中で自らの命を断っていくものと、どちらが悲惨というのだろうか。

今こそ観世音菩薩の時代である。

山で出会った観音さま

2005.3

法華経観世音菩薩普門品第二十五、通称観音経に登場する観音は、人のあらゆる苦しみの声を聞き、その苦しみを除いてくれる菩薩である。火の燃える穴に落ちても、観音力《りき》を念ずれば、火の穴は変じて池となる。盗賊に襲われ刀で斬《き》られそうになっても、観音力を念ずれば、賊に慈悲心が生じて害をなさない。王難の苦しみにあって刑場に引き立てられても、首を斬ろうと振り上げた刀は段段に折れてしまう。毒龍や鬼に襲われても、害をなされることはない。悪獣に囲まれても、獣は逃げ去ってしまう。蛇や蝮《まむし》や蠍《さそり》や毒煙に襲われても、雷を受けても、雹《ひょう》に降られても、どのような困窮にあっても、どんな苦しみでも、観音の力を念ずれば、その苦悩から逃れることができる。観音は人々を慈眼《じげん》によって視《み》て、無量の海のように包んでくれる。観音はこのような菩薩なのだ。

私は、観音体験というべきものをしたことがある。初夏の頃、私は日光の男体山《なんたいさん》に登った。中禅寺湖や男体山は観音浄土、すなわち補陀落《ふだらく》である。ちなみに男体山は二荒山《ふたらさん》とも呼ばれ、補陀落《ふだら》を語源とするとされている。二荒を音読みにすると「にこう」で、そこから日光という地名が生じたということだ。

だから男体山で観音を感じたのかもしれないと、今は思っている。同じ栃木県の宇都宮で生まれた私にとって、男体山は故郷の山で、中学生の頃から何度か登ったことがある。そのためになんとなくあなどるような気持ちがあったのかもしれない。

私は山岳雑誌に「百霊峰巡礼」という連載をしている。日本の山を神仏のいる霊山として読み換えようという意図が根底にあり、毎月一つの山に登り、それを百回くり返そうというのである。まさに巡礼なのだが、その第一回に故郷の山を選んだ。カメラマンと編集者と私の妻がいっしょであった。撮影をしながらの登山なので、時間はかかる。そのことは最初からわかっていたはずだった。

私たちは早朝に東京を車で出発し、昼少し前から登山をはじめた。登山をすると、修験道《しゅげんどう》の山には共通に感じることがある。道が登るには少しでも楽なように蛇行しているのではなく、ほとんど直登なのである。地すべりなどで迂回路《うかいろ》ができているが、古いままの道は麓《ふもと》の二荒山神社から頂上まで一直線に登るようになっている。男体山と中禅寺湖は二荒山神社の御神体なのだ。道が険しいのは、そこが修行道場だからである。

峻険《しゅんけん》な道を歩きながら、その日の私は体調が悪いことを途中で感じないわけにはいかなかった。気持ちは前へ前へと向かうのだが、身体のほうが今ひとつ進んでいかない。私よりも体力的に弱いはずの妻のほうが、どんどん先にいってしまう。人生にはそんな日もあるものだ。

山頂にいき、取材もして、下山が遅れた。その時、山をあなどってしまった増上慢《ぞうじょうまん》の私たちは、懐中電灯を持っていなかった。足元がどんどん暗くなり、歩くことが困難になっていた。足元遥《はる》かに中禅寺湖があり、湖畔《こはん》には道路が通り、ホテルや土産物屋がならんでいる。暗闇《くらやみ》の中で迷っている私からすれば、光が遠くにあるということになる。その光のところまでいけば助かるのだが、どうしてもそこにいけない。その時、私は思った。遠くにある光は、どんなに輝いていたところで、なんの助けにもならない。

そろそろと歩いていると、前方に微《かす》かな光が見えた。誰かが懐中電灯を持って歩いていたのである。私たちは少し急いで歩き、その光に追いついた。その人は六十歳代半ばぐらいの婦人で、疲れ切って一人で道端にしゃがんでいた。弁当のおにぎりを持って歩きだしたのだが、男体山は思ったよりきつくて、疲労困憊《こんぱい》し、山頂まではいったものの弁当を食べる元気もなかった。どうにかここまで降りてきたところで、力尽きてしゃがんでいたというのだ。

その婦人は、私たちも似たようなものかもしれないのだが、そのままでいると遭難ということになる。私たちはその婦人のザックを持ってやり、励まして歩きだした。その婦人の心細い懐中電灯が足元を照らしてくれたので、私たちも歩くことができた。

その時、私には感じることがあった。いっしょに歩いた私たちは、その婦人にとって観音で、その婦人は懐中電灯で足元を照らしてくれたので、私たちには観音ということになる。遠くの光は、どんなに光量が豊かでも、なんの救いにもならない。そのかわり、どんな心細い光でもすぐ前にあれば、それは大いなる救いなのである。

手を触れることもできない遠くでどんなに立派なことをいっても、その言葉は人の心に届かず、なんの救いにもならない。一方、すぐそばで苦しみの声を聞き、いっしょに苦しんでくれる人は、その人をどんなにか救うことであろう。身を寄せていっしょに苦しんでくれる人こそ、観音である。

たとえば末期癌《がん》になり、ホスピスにはいっているとする。その患者を救うのに、自分の身は安全に保ってどんなに立派なことをいっても、言葉は心の底に降りていかない。できたら同じ病気にかかり、できたらそこから助かった人、つまり苦しみの中で少し前を歩いている人が、その患者を本当に救うのである。

観音は遠くにいるのではない。苦しみの声を聞くと、すぐそばに身を寄せてくれる。そして、ほんの少し前を歩いてくれ、救いの道を示してくれる菩薩なのである。

II

道元と私

言葉の偉大さ

2009.2

人を導くのは言葉である。禅は経典に頼らず、体験によってさとりの道をめざしているのだが、その要所に言葉が里程標のように立っている。

正師、つまり本当の先生を求めて中国に渡った道元は、まず思想的に大転換を果たした言葉に出合う。名も知らない老僧に、修行とはいったい何なのかを問うた時、その答えの言葉はこうであった。

「偏界曾《へんかいかつ》て蔵《かく》さず」

すべての世界はまったく何も隠されているわけではないということである。竜が持っているのは真理の玉であるが、その玉を苦労してやっと得てみれば、いたるところ竜の玉でないところはないということだ。

この認識はまことに心強い。いわれてみれば、太陽も月も星も露わである、海も山も風も、すべてが目の前にある。何一つ隠されてはいない。

真理は坐禅をする僧堂の中にだけあるのではなく、私たちが行住坐臥《ぎょうじゅうざが》するところ、行動したり住んだり坐ったり横になったりするところすべてにある。だから禅寺では、食事をつくったり食べたりすることも、掃除をすることも、庭の草むしりをすることも、畑をつくることも、参禅者の世話をすることも、大切な修行とされるのだ。坐禅はもとより大切な修行だが、修行はそれだけではない。人のすることすべてが修行なのだ。

この認識は、若い道元にとって出発の本質的な第一歩となったのである。仏はいたるところに在るのだから、すべての場所が修行道場なのだ。

私は山にはいることが多いが、峻険な峰でも、住宅地になってしまった里山でも、季節はとどまることなく流れていくのであり、真理に満ち満ちていると感じるのだ。私が今向かってペンを走らせている原稿用紙の上にも、真理はとどこおることなく流れている。私は東京発沖縄行きの飛行機に乗り、テーブルを倒し原稿用紙を広げてこの原稿を書いているのであるが、ここそ私の道場なのだ。

この原稿用紙の上のペンの先の一点から、世界は無限に広がっている。一片の紙にすぎない原稿用紙なのだが、月のすべてを、全宇宙を呑むことができる。草についた一滴の露のように、全天を呑むのである。

それは私という一滴の精神が、無限の認識をすることができるからである。精神活動には時間や空間の制約がない。時間が止まるのは死によってだが、形ある物質ではない精神は、他の人によってリレーが可能だ。釈迦によって説かれた仏教という精神は、無限に連なった人によって無限の時間を引き継がれてきたのである。

中国における道元の最初の認識は、あまりに偉大ではあったが、同時にあまりに当たり前のことであった。その当たり前に気づかないのが、私たち固定観念に縛られた凡夫なのである。

2004.3

道元と私

道元禅の思想の根幹は、考えてみればそれほど難解ではなく、当たり前のことを当たり前に解しということである。宋の如浄《にょじょう》禅師のもとで修行して身心脱落《しんじんだつらく》（身も心もとらわれがなくなる）の境地を得て、帰国し、入宋して苦労し何を学んできたのかと問われた時に、道元はこういったとされる。

「眼横鼻直《がんのうびちょく》なることを認得して、人に瞞《まん》せられず。便乃《すなわ》ち、空手《くうしゅ》にして郷《きょう》に還《かえ》る。所以《ゆえ》に一《いち》毫《ごう》も仏法無し」

眼は横に鼻はまっすぐにという人生ありのままの姿を知ってきただけで、空っぽの手で故郷に帰ってきた。だから毛一筋ほどの仏法もない。こういうことである。永平寺にいけばわかることだが、ことに国宝などの美術品で飾られているわけではない。あるのは真剣に修行する雲水の姿ばかりである。仏法があるのは、美術品としての仏像にではなく、草や木や土や生きとし生けるものすべてにである。もちろんそこには私たち人間も含まれる。『正法眼蔵』は道元の思想を伝えた書物であり、そこには美しい言葉が無限に詰まっている。

「渓声山色《けいせいさんしょく》」

渓《たにがわ》の音は釈迦の説法の声であり、山は釈迦の姿である。自然はそのままで余すことなく真理を語っているということだ。我《が》にとらわれていては、その真理の声を聞くことはできない。真理はいたるところにあり、私たちはその真理のただ中で生きているということである。それを知らないのは哀れなことだ。

「しるべし、自己に無量の法あるなかに、生あり、死あるなり」

自分の中にすべての真理が流れ、その中に生があり死があるということである。真理というのは自分の外にも内にもある。そこいら中真理でないものはない。そうであるなら、その真理の中に自分を投げ入れ、身をまかせるのがよい。それが坐禅をするということだ。道元の思想は深くて味わい深い。私にとっては、人生の道標である。

2004.7

「一滴の水」のように生きる

道元の『正法眼蔵』はどこをとっても美しい言葉が見える。どの言葉も、現代を生きなければならない私たちには、示唆《しさ》に富んでいる。鳥は鳥として空を使いこなして生きているように、また魚は魚として海を使いこなして生きているように、今のこの時代に生を受けた私たちは現代という時代を使いこなして生きなければならない。それ以外の生はないといってよいのである。

『正法眼蔵』の「渓声山色《けいせいさんしょく》」の巻には、それぞれの時代環境を生きようとしている人たちにとっての、刹那《せつな》に出現してはまた消滅する現象を超えた永遠への実相《じっそう》に対する渇望《かつぼう》の思いが読みとれる。

蘇東坡《そとうば》は後世にも名をなした詩人であるが、さとりの境地に至った在家《ざいけ》の禅者でもある。坐禅修行をしてきた人である。ある夜、廬山《ろざん》に登って渓流の音を聞き、さとるところがあった。その時につくった偈《げ》である。

渓声便《すなわ》ち是《こ》れ広長舌《こうちょうぜつ》、
山色《さんしょく》清浄身《しょうじょうしん》に非《あら》ざること無し。
夜来《やらい》八万四千の偈《げ》、
他日《たじつ》如何《いか》が人に挙似《こじ》せん。

渓流の声は汲《く》めども尽きない釈迦《しゃか》の説法の声である。見渡すかぎりに見える山は、すべて釈迦の清浄な姿である。昨夜から八万四千もの偈（詩頌《しじゅ》）が説かれていて、私はそれを聞いているのであるが、どうやって仏の説法を人に示してやればいいのだろうか。

　このような意味である。蘇東坡のさとりとは、いつも目の前にあって何一つ隠されているわけではないこの自然そのものが、仏であるということだ。こう考えると、私たちはいつでも自然に囲まれている。私たち自身が自然そのものである。つまり私たち自身が仏ということなのだが、悲しいことに私たちはそのことを認識することができない。認識するためには、どうしても修行が必要なのだ。私たちは本来仏でありながら、放っておくと欲望のために目が眩《くら》み、自然をあるがままの真理として見ることができない。たとえば多様な植物の繁る森を見て、真理にまどかに満たされた世界であると認識することができず、木を伐《き》ればいくら儲かるだとか、木も草もなぎ払ってゴルフ場にすれば多くの富を産むなどと考えてしまうのである。真理を見ず、欲を見るということである。

渓流の音を聞き、山の姿を見て、そこに人智を越えた真理の流れを見るというのが、蘇東坡のさとりだ。時がくれば花が咲き、花は誰かに見られようが見られまいがなすべきことをなし、時がくれば黙って散っていく。この自然の活《はたら》きこそが、仏心ということだ。蘇東坡は、坐禅をして自然の中にまどかに存在している自分は仏であると、さとったのである。自然の息のような存在に、自然の活きそのものになったのである。こうしてみると、煩悩《ぼんのう》や私心があった自分から、欲望などまったく消えた自然そのものになっている自分自身を発見したのだ。自然も、自然そのものである自分も、そのまま仏の清浄心で、そうなった耳には渓流の流れも自然のすべての物音も、釈迦と同じく真理を語っていると聞こえるのである。

ここにあるのは、完全に調和した世界である。欲望もなければ、自己卑下《ひげ》も自己主張もない。これこそが仏祖の世界であり、完璧に調和した自然そのもののゆるぎない光景なのだ。何を足す必要もなく、何を引く必要もない世界なのである。そうはいっても自分は外見的には何も変わらずに存在する。その自分とは自然の中に投入してしまったのであり、もともとさとっている自然がようやくさとった自分の中に投入してきたということである。これはなんと美しい世界なのであろうか。この蘇東坡の到達した世界こそが、禅者の理想郷といえる。

だがひとたび私たちのまわりを見渡してみると、目につくのはいたたまれないほどの自然破壊ばかりである。調和を崩し、傷だらけになった自然は、釈迦の清浄身といえるのだろうか。釈迦なら、傷ついた自然であっても自らの清浄身であるとおっしゃると、私は信じる。山林には経済効率しか考えていない不自然な人工林が造林され、渓流はコンクリートのダムが築かれて人造湖の底に沈もうと、また川がコンクリートの三面張りになってただの排水路におちぶれようと、真理の流れは変わらない。水は高いところから低いところに流れ、形あるものは必ずその姿を失う。諸行無常《しょぎょうむじょう》も一切皆苦《いっさいかいく》も、何も変わりようはない。

蘇東坡のさとりを道元が『正法眼蔵』に清々《すがすが》しく描いた時代と、自分の欲望を満足させる経済活動のために何もかも破壊しても心の痛みさえ感じないような人の多く暮らす私たちの時代とは、なんと遠くにへだたってしまったことか。破壊とは自分自身には手も触れず一方的に自然を破壊することのようであるが、本当はそうではない。人間は自然そのものなのだから、自然を破ることはすなわち、自分自身を破壊することなのである。

もちろん自然は見るものなどではなくて、おのずからそうなっているもので、小さな一個の人間なども包摂《ほうせつ》してしまうものである。またもちろん人間自身もおのずからそうなっているものであるのに、自己への執心が人間を特別な存在と見なし、自分自身でもあるところの山河を破っても平気になっている。禅の修行とはそんな執着に満ちた自分を一枚一枚脱ぎ捨てていき、本来あるがままの自分にたち帰ることである。渓《たにがわ》がそこに流れるように、山が清浄身としてそこにあるようにという当たり前のことなのに、たった一枚を脱ぎ捨てることのなんと困難なことか。

道元は人を突き放そうというのではなく、手をさしのべてなんとか救おうとする。自分自身で認識し、自分自身でさとりを摑《つか》まなければならない。そこで道元は一人一人を励ますのである。『正法眼蔵』のうちの「現成公案《げんじょうこうあん》」の巻には、人間一個と月一個とを測り合うのである。私の現代語訳である。

人がさとりを得るということは、水に月が宿るようなものです。月は濡れず、水は破れません。月は広く大きな光なのですが、小さな水にも宿り、月の全体も宇宙全体も、草の露にも宿り、一滴の水にも宿るのです。さとりが人を破らないことは、月が水に穴をあけないことと同じです。人がさとりのさまたげにならないことは、一滴の露が天の月を写すさまたげにならないと同じことです。水が深く見えることは、月が空高くにあるということです。さとりがどんな時節に得られたかということは、大きな水か小さな水かを点検し、天の月が広いか狭いかを考えてみればよいのです。

一滴の水にすぎないちっぽけな自己の存在が、宇宙全体と向きあっている光景が語られている。人の認識とは、月を呑んでもなお余りあり、宇宙全体を呑んでもなお余りある。身心一如であるから、心が宇宙よりも大きいのなら、身も宇宙よりもっと大きいといえる。何故ならば、身心こそが真理だからである。真理に大小はない。宇宙は無限大ではあるが、一滴の水の中におさまりきれるほど無限小でもある。つまるところ、大小は超越しているのだ。

さとるということは、宇宙を身心のうちに呑むことである。しかし、宇宙を呑んだからといって、身体が壊れるということもない。一滴の水が月を宿したからといって破れることがないように、どんなに壮大な世界をさとったからといって、人は破れることはない。

こう書いてきて、道元の描く情景はどうしてこんなに美しいのかと私は思う。ここには虚無《きょむ》はまったくなく、人間への根底的な信頼がある。人間は自然と同じで、この宇宙と同じ真理の活きのもとにあるのだから、もちろん信頼に足る。

ところが現実の私たちは自分自身への執着のため無明の闇を抱えてしまい、自分がこの美しい世界の中にいるということが自分自身でわからなくなっている。『正法眼蔵随聞記《ずいもんき》』は、次のように語りかけてくれる。

学道の人は身心《しんじん》を放下《ほうげ》して、ただひたすらに仏法の中にはいるべきです。

古人はいいました。「百尺の竿頭《かんとう》の上にあってなお一歩を進めなさい」

いかにも百尺の竿頭の上に登って、足を放せば死んでしまうと思って、人はいっそう強くとりついてしまうものである。それを思い切って一歩進めなさいといっているのは、教えにしたがうのだからまさか悪いことにはなるまいと思い切り、すべてを捨ててしまえばよいのです。

最終的には自分であれこれ思慮せずに、仏の家の中にこの身を投げてしまえと道元はいっている。仏を信じて自我を捨ててしまえば、真理の中にまどかに存在する自分がそこにいるということである。それが究極的な人間のあり方である。そこに至れば善悪さえもないのであるが、人間は確かにそこにいくことができるということなのだ。この力強い人間肯定の思想が、環境悪化に追い詰められ、伝統的な制度が崩れたのに未来を拓《ひら》く希望が見つからずに漂流しつづける私たち現代人を、虚無から救うのである。

釈迦の認識の内容である仏教は、人間肯定の思想なのである。その上に道元は、宇宙に向かって自己を解き放つことを教えてくれる。解き放たれた自己は、自然そのものであり、宇宙そのものであるということができる。道元が語る言葉こそ、生きることへの励ましでなくてなんであろうか。

「少欲知足」ということ

2007.11

このところ、鎌倉時代の禅僧道元の一代記を、永平寺の機関誌『傘松』にこつこつとつづけてきた。毎月二十枚の原稿を書き、百回になった。足かけ九年かかったことになる。これだけでは足りず、あと百枚書き足して仕上げたのが、『道元禅師　上・下』（東京書籍）である。全部で二千百枚の小説で、全体的に長いものが多い私の作品の中でも最大の長編小説だ。

これを書き上げるまでは死にたくないなと私は切実に思ったのだが、書き上げてみると死にそうな気配はまったくない。このところ道元の著作にひたってきて、深い影響を受けてきた。その道元が今日の私たちが直面する環境問題に大いに関わることを説いているので、そのことを書いてみたい。

道元は主著『正法眼蔵』を百巻にしたかったようだが、九十五巻で尽きてしまった。その最後の巻が「八大人覚《はちだいにんがく》」である。これは偉大な人が覚知する八つの真理ということであり、釈迦の最後の説法といわれている。

八つのうちの第一が「少欲《しょうよく》」であり、第二が「知足《ちそく》」である。

多欲の人は名利を求め貪《むさぼ》るから、苦しみ悩みが多い。少欲の人は求めることなく、欲がないので、患《わずら》いはない。

少欲の人は自分を曲げて他人にへつらったり、他人の気に入るようなことはしない。少欲の人は自然のうちに身心をおさめ整え、身心の欲するままには行動しない。

苦しみと悩みから逃れたいのなら、「知足」を観ずるべきである。知足の人は住むに家なく、地上に眠っても、なお安楽である。不知足の人は、天の御殿にあっても満足はしない。不知足の人は富んでいても貧しく、知足の人は貧しくても富んでいる。不知足の人は五欲のために常に悩み苦しむから、知足の人は憐《あわ》れみで見られる。

『正法眼蔵』の主旨を現代語訳すると、このようである。現代に生きる私たちはたえず欲望を刺激され、あれもこれも欲しい、もっと欲しいと、欲望を飽くなく追求している。無限の欲望が経済発展の原動力だと、経済学でも説かれている。

その結果はどうであろうか。私たちはいつも経済競争にさらされ、古いものはコストが高いので切り捨てられる。競争は必ず勝者と敗者を生むから、社会的な格差は人にも地域にも広がるばかりである。

欲望を求めていくあまり、快適な生活ばかり追いかけて、大量の二酸化炭素を放出し、地球の温暖化をもたらしている。原因もすべてわかっているのだが、石油を大量消費する文明はやめられず、いつかは地球は温暖化のために暮らせなくなってしまうかもしれない。

それならどうすればよいのか。約七百五十年前に道元は「少欲知足」を説いているのである。法華経にもこの言葉はあるから、少なくとも二千年前に賢人がすでに人はどう生きるべきかを説いているのだ。

足るを知ることは、もちろん簡単なことではない。今や国際語になったモッタイナイも、知足の言葉だ。少しのことで満足することができれば、世の中は変わる。こう書いたところで私自身も「少欲知足」を簡単に実行できるとは思わないが、そうしようという気持ちを少なくとも持っていたいと思う。

2003.9

道元の死生観

すべての宗教においては、生と死とをどのようにとらえるかということが重要な要素である。禅においては、生と死も自然そのものであり、人間だけの生死が、もっとつきつめれば自分だけの生死が問題であるというふうにはとらえない。自然の流れそのものとして、人の生と死とがあると考えるのだ。

『正法眼蔵』の「全機《ぜんき》」の巻で、道元は次のようにいう。

「しるべし、自己に無量の法あるなかに、生あり、死あるなり」

ここで語られていることは、自分の中に無限の真理が内在していて、あらゆる現象がそなわり、そこには生もあり死もあるということである。生や死だけを無限の真理の中から取り出すということはできないということだ。生は来るのでもなく、死は去るのでもない。生は六根《ろっこん》、すなわち眼《がん》、耳《に》、鼻《び》、舌《ぜつ》、身《しん》、意《い》のあらゆる感覚と全身の活《はたら》きの現われであり、死も同様である。

つづけて道元は、生とはたとえば人が舟に乗っている時のようなものであると説く。この舟は、自分が帆を使い、自分が舵をとり、自分が棹をさしているといっても、舟が自分を乗せているのであって、舟に乗っている自分である以外の自分はないのだ。自分が舟に乗っているからこそ、この舟は舟となっている。生きているということは、まさにこうして舟に乗っている時のようなものなのである。舟上にいると、天も水も岸も全部が舟のまわりにある現象となっていて、自分が舟に乗っていない事態と同じということはない。つまり、生きているということは、自分が生たらしめているからである。舟に乗ったからには、身も心もまわりの環境も、すべてが舟という活きの中にある。全大地も、全宇宙も、すべてが舟という活きの中にある。

生きている自分、自分である生とは、そうしたものである。

生という実感の中にいる私たちは、死を実感することはまことに困難である。だが舟に乗っているというたとえは、生ばかりでなく、死にも同じように使える。生が人の六根全身の積極的な活きとして全大地や全宇宙に何も隠さず現われるのなら、死もまったく同様である。生は死を妨げない。死は生を妨げない。全大地も全宇宙も、生にもともなっているし、死にもともなっていると道元はいう。つまり、死は最終的な消滅ではなく、また生からの解放というものでもなく、真理の流れだと説いているのだ。難解な言葉で語られる『正法眼蔵』ではあるが、中心を流れる説論は整理されているから、一本の流れを筋道立てて追っていくと、見えてくる世界は鮮明な像を結ぶ。

なお道元はいう。一人の中に全大地があり全宇宙があるが、死の中にと生の中にとのそれぞれが、異なっているのではないが、同じものというのでもない。生には生の、死には死の活きとして現われる多くの現象が内在していて、同時に生でもない死でもないところの生も死も超えたさとりにおいても、多くの現象が内在する。つまるところ、人のすべての活きの中に、生があり、死があり、さとりがあるということである。それらを分けて考えることは、意味もなく、また不可能である。

「このゆへに、生死《しやうじ》の全機は、壮士の臂《ひじ》を屈伸するがごとくにもあるべし。如人夜間背手模《にょにんやかんはいしゅも》枕子《ちんす》にてもあるべし。これに許多《こた》の神通光明ありて現成するなり」

道元はこのように書くのである。こうしたことであるから、人の生と死のすべての活きは、壮士が肘を曲げて伸ばすようなものであり、人が夜中に背中に手をのばして枕を探すようなものである。これにたくさんの不思議な光明が加わって、生と死とが私たちの前に現われるのである。

道元が説こうとするところは、とどのつまり、生死はすなわち真理そのものであって、真理のほかに生死はないということである。真理であるなら、どのようにしても人はそこから逃れることはできない。ここに仏を見ないならば、梶棒《かじぼう》を北に向けて車を南に引くようなものであり、顔を南に向けて北斗七星を見るようなものであると、道元はたとえ話をしている。生死は人生の道理というものであるから、死があるからといって人生を嫌ったり、苦しんだり、悲しんだり、怖れたりしてはならないということである。

「生といふときには、生よりほかにものなく、滅といふとき、滅のほかにものなし」

このように道元はいう。意味は、生という時には生のほかに何もなく、死という時には死のほかに何もないということである。それなら私たちはどうすればよいかといえば、生が来ればただ生に向かい、死が来ればただ死に向かうということである。生死は自分がどう思おうとどうにもならないのだ。そうであるからこそ、身心でもって仏の心に溶け込んでいき、力もいれずに生死を離れるしかない。

2004.1-2

心象風月――道元の風景

入宋求法《にっそうぐほう》の強い思いを抱いた道元は、博多より商船に乗った。日本から中国への航路としては、北路と南路とがあった。北路は、博多からまず朝鮮半島の西海岸へ、そこから北上して渤海を渡り、登州に行く。

道元は南路を行った。最澄や空海の入唐したころの遣唐使船は風まかせで、大陸のどこかに着けば運がよいという大ざっぱな航海術であった。難破して行方不明の船は、数知れずというふうであった。運がよければ大陸に漂着できるという、命懸けの旅だったのだ。

さすがに鎌倉時代にもなれば、航海術も進歩して、一気に東シナ海を横断できるようになった。これなら、朝鮮半島や中国大陸の政治状況に影響を受けることが少なくてすむ。

「航海万里、幻身を波濤《はとう》に任せて」

道元は『宝慶記』に、こう書いている。万里の波を越える希望に満ちてはいるのだが、この身を波にまかせるという不安も感じられる。深くて強い志がなければ、海を渡ることはできなかった。

南路は博多から西に向かって五島列島に行き、多少南下して種子島、屋久島、奄美大島に沿い、そこから一気に東シナ海を渡って、明州に行く。明州の中心地は慶元府、今の寧波である。高僧の渡海話には、必ず暴風にあったことが出てくる。道元の船は帰路に暴風で難破しそうになり、道元が舳先《へさき》で一心に観音経を唱えると、一葉観音が示現して、波は鎮まったとのエピソードがある。

道元は禅僧らしく、坐禅をしていた。『正法眼蔵随聞記』によると、船中は人々が病気になって騒然とし、彼も船酔いだったのだが、坐禅に集中していると、船酔いを忘れて平常心でいることができたと書かれている。

現在は、道元のように一気に東シナ海を越えて寧波に行こうとしても、定期船があるわけではない。道元の眺めた風景の中にできるだけ入りたいと願った私は、上海からの乗合船を見つけて乗船した。

内部から発光しているようなきらびやかな夜の上海を、二十時三十分に出航し、寧波には明朝八時三十分に到着する。船は古く、一部屋で十六人という混雑ぶりだが、眠っている間に着く。

心地よく波に揺られて目覚めた翌朝、開けにくい窓をようやく開けると、そこに見えたのは海ではなかった。奉化江のさび色の水を、船はゆっくりとさかのぼっていた。

現代は、エンジンの力で潮の流れなどものともしないが、道元の時代は干満の動きを利用して船を巧みに操ったろう。昔の人の方が、自然を真剣に見詰めなければ生きられなかった分だけ、自然に対する感受性が豊かなのだと思われる。

船酔いで苦しい思いをした道元だが、日本と明らかに違う大宋国の風景を、万感胸に迫る思いで眺め、闘志を養っていたに違いない。学びたくて学びたくて、ただそのことだけを思い詰め、道元は幾多の苦難を乗り越えてきたのである。

「本来本法性、天然自性身（人間は生まれながらに、仏たる完成された人格）という。ならば、どうして人格完成のため、かくも努力をしなければならないのか」

十四歳で比叡山延暦寺で出家得度した道元が、間もなく持ってしまった疑問に、誰もまともに答えることができなかったのである。中国に行けば仏教の本当の師（正師）がいると信じ、こうして海を越えてきたのだ。

道元にとっては、いたずらに命をながらえるより、学道をする方がはるかに重要であった。この強い意志こそ、現代に生きる私たちが、失ってしまった心であり、学ぶべきことだ。

上海からの船が寧波の港に着き、大荷物を持った人たちは、ざわめきを残しながら街の中に吸い込まれていく。道元がこの場所に立って約七百八十年後、私は同じ場所に立った。二十四歳の道元は、ここから歴史を切り開いていき、私はその後に従ってきた。

ともにやってきた建仁寺の明全和尚、従者の廓然と亮照は、上陸してすぐ明州の景福寺に行き、栄西ゆかりの天童山景徳禅寺に錫《しゃく》を留める。一方、道元は東大寺戒壇院で比丘《びく》の具足戒を受けていないため、書類不備ということにでもなったか、港の船中に留め置かれた。

三カ月の船中泊の間に、道元は後の道元禅の根幹を形成する重大な出会いを得る。阿育王山広利寺から約二十キロの道を歩いて、老僧が日本のシイタケを買いに来た。聞けば、食事をつかさどる役僧＝典座《てんぞ》で、雲水たちに麵汁を供養したいという。

道元は喜んで一晩中でも話したかったのだが、老典座は「シイタケも手に入ったので、寺に帰らねばならない」という。「食事係のあなた一人がいなくても、なんの困ることもないはずだ。典座など煩わしい仕事は、若い僧に任せておけばよいではないか」。道元がこういうと、すかさず老典座は語る。

「あなたは古人の書いた書物や高僧伝などを読むことが、学道とお思いのご様子ですな。修行とは何か、ご存じない」

こういわれて道元は恥じ入り、修行とは何かと問う。老典座は一言で答えた。「偏界《へんかい》曾《かつ》て蔵《かく》さず」

森羅万象も、万物の真理も何も隠されずに、そのままの姿でこの目前に投げ出されているというのである。人の行うことは、料理も、行住坐臥《ぎょうじゅうざが》のすべてが修行なのだ。道元は、たちまちにしてさとった。


太白山天童景徳寺（通称は天童寺）に上山が許された道元は、大規模で、しかも「禅苑清規」などの規則にのっとった純粋な禅院生活に、鮮烈な感銘を受けるのであった。

夏の日盛りのもと、ある老典座が炎天下にキノコを干していた。背骨は弓のように曲がり、まゆ毛は鶴のように白くて長い老僧は、年齢を問うと六十八歳という。

「どうして人を使って作務《さむ》をさせないのですか」と、道元は老典座に問う。

「その人は、私ではない」

「あなたの作務には感じ入ります。しかし、この炎天下で、どうしてそんなに苦しんでやる必要があるのですか」

「それでは、いつやればいいのか」

無常迅速であるから、時を待って修行をしてはならないということである。人を使うのではなく、これは自分の修行なのだ、と老典座はいったのだ。

また西川（四川省西部）出身の僧があった。所持金もなく、紙の粗末な衣を着ていて、起居ごとに破れるといった具合であった。ある人が「郷里に帰って衣装を整えてきたらどうか」というと、かの僧は答えた。「故郷は遠い。行ったり来たりしている間に時はむなしく過ぎて、学道をする時間が失われます」

また、ある僧は官人宰相の子であったが、着ているものはぼろで、目もあてられない。ある時、道元がそのわけを尋ねる。かの僧の答えは、まことに簡潔明瞭であった。

「僧となったからだ」

またまたある時、道元が古人の語録を見ていると、西川の僧が問うた。

「何の役に立つのか」

「郷里に帰って人を救うためです」

「何の役に立つのか」

「人の利益のためです」

「つまるところ、何の役に立つのか」

古人の語録を読んで知識を蓄えても、修行にはならないというのである。

天童寺での清新な弁道生活に、最初は衝撃を受け感動した道元であったが、自分が求めている本当の先生（正師）に出会うことができなかった。

求道心に燃えた純粋な道元には、天童寺の上層部の禅風は、官僚や貴族に近づき名利を求める俗とさえ映った。道元は、天童寺ではもはや学ぶべきものはないと、驕慢《きょうまん》の心さえも起こすのであった。

道元は、諸山巡錫《じゅんしゃく》を始める。北は杭州の径山万寿寺から、南は台州の天台山、温州の雁蕩山の諸寺を巡ったとされる。だがついに正師には出会えず、道元は失望をくり返す。道元が最も旅をしたのは、この時期であろう。

ある時、道元は天台山平田の万年寺に止錫した。住持は、元鼒《げんし》和尚であった。その時のエピソードが、『正法眼蔵』の「嗣書《ししょ》」の巻に描かれている。

元鼒和尚がその五日前に、地方長官と会うため天台城内に泊まった時、夢の中に唐代の禅僧である大梅法常らしい老僧が現われ、梅の花の咲いた一枝を持っていう。

「もし、船に乗ってきた真の人が現われたら、華を惜しんではならない」

その時道元は、釈迦からまっすぐに仏法が伝えられた様子を示す、嗣書を見たいと願っていた。道元はまさに、船に乗ってきた求法者である。さっそく道元は、元鼒和尚に嗣書を閲覧させてほしいと望む。

道元は嗣書を見て感激し、感涙袖を潤したのである。その嗣書の表装には、まさに梅花があしらってあった。

元鼒和尚は道元に自分の法を継ぐべく、嗣書を授けようかとほのめかすのだった。道元は、ここにも正師を見いだすことができずに断った。

諸山巡錫の途中、天童寺では住持が変わり、天童如浄和尚になった。その和尚こそ、「明眼《みょうげん》の知識」、正師たる人物ではないかと道元は思う。

如浄が住持になり、天童寺の禅風は変わっていた。貴族的、官僚的に俗化していた禅道場が、古風禅の発揚の場になっていたのである。

さっそく道元は如浄に手紙を書いた。

「外国遠方より参った私に、時候にかかわらず、袈裟《けさ》も着けず、方丈に上がって拝問することを、大慈大悲でお許しください」

これに対する如浄の返書は、まことに慈愛に満ちたものだった。

「今より以後、あなたが参問することは、昼でも夜でも、袈裟を着けていても着けていなくても、方丈に来て道を問うことを妨げるものではありません。老僧は父親のように無礼を許しますよ」

こうして道元は、正師と邂逅《かいこう》することができた。如浄の修行は峻厳《しゅんげん》さを極め、眠る時間も惜しんで、ただひたすらに坐禅をするというものであった。道元には、待ち望んでいた形の修行であった。僧堂では、僧たちは師に履物で殴られることを喜んだ。ある時、如浄は上堂の折にいった。

「私は引退して老いの身を草庵ででも養っていればよいのだが、おまえさんがたの迷いを破り、少しでも修行の助けになればと願って、言葉でしかりつけ、竹の鞭《むち》で打ったりする。これは、まことにおそれ多いことである。だがこれは、仏に代わってやっているのであって、どうか慈悲の心をもって私を許しておくれ」

これは愛語、すなわち相手のことを思った慈悲の言葉である。これを聞いた衆僧は、みな涙を流した。如浄の宗風は、国王大臣に親近せず、名利を求めぬ、簡素だがはつらつとしたものであった。

このような禅風の中で峻厳な修行生活をした道元は、ある時、身心脱落をとげる。身と心にとらわれがなくなり、さとりの境地に入ったのである。如浄は道元の大悟徹底を認証し、嗣法させた。

求める心と行動力が並外れて強い道元によって、当時のままの厳格な禅が日本に今でも残っているのだ。

2009.2

道元を胸に森を歩く

道元のいい方をするなら、森は生死一如《しょうじいちにょ》である。生は死を妨げず、死は生を妨げない。生あるものには生として現われ、死あるものには死として現われる。森には仏が現成《げんじょう》し、生死が現成して、生死の境界ははっきりしていながら同時に生死一如である。現成とは仏の真理を現実の上に実現することだ。

このようなことをいきなり書いたのは、知床などの森を歩いていると、『正法眼蔵』を語る道元の声が響いてくるように感じることがあるからだ。『正法眼蔵』の世界が、私にとっては森に現成していると感じられる。

『正法眼蔵』のうち「全機《ぜんき》」の巻には、生と死とが説かれている。仏道の究極の地点とは、生死の透脱《とうだつ》であり、この身に仏の真理が実現する現成であると道元は語りはじめる。透脱とは、あれこれと相対的に感じることではなく、絶対的な自由となることだ。

道元の論は魅力的なので、「全機」の巻のその部分を意訳してみようと思う。

透脱とは、生においては生を解脱し、死においては死を解脱することだ。生になりきり、死になりきるのである。生の時には生の体験をしているのであり、死の時には死の体験をしているのだ。透脱というのは、生が生の意識を透脱し、死が死の意識を透脱するのである。生死の意識を捨て、生死一如の境地にはいることこそが、仏道の大いなるさとりの究極なのだ。自らの生死の意識を捨て、自らの生死を救うことこそが、究極のさとりの行き着くところである。現成とは、生きていることであり、生きていることは、今ここに生命を実現していることなのだ。生命の実相する時に、生のすべてが現われ、死のすべてが現われるのである。

（略）人の生死とは、人にとって生死にともなう彼の全世界であるから、限られた部分の世界というのでもなく、無限とか有限とか、長短などの尺度ではかることもできない。一人一人の命はこのような体験によって生存することができるのであり、同時に一人一人の命がこのような体験をあらしめているのである。

生は来るのではなく、死は去るのではない。今現われるものではなく、新たに成立するものでもない。そうではあっても、生は生の全体験であり、死は死の全体験なのだ。知るべきである。自己の内に無限の真理を内在させている中に、生があり、死があるということを。

この最後の文章は、原文では次のようになる。

「しるべし、自己に無量の法あるなかに、生あり、死あるなり」

すべての自然の中に、すべての私たちの中に、生も死も内在している。生と死とどちらかだけを都合よく取り出すことはできない。私たちの身のまわりで生起する自然現象は、すべて真理の現成である。森は真理の現成であるから、生だけを死だけを取り出すことはできない。真理にそむいたこと、自然の摂理にそむいたことをすれば、森はそのような反応をする。森の木を皆伐採すれば、水も失われ、虫も鳥も獣も寄りつかなくなる。そこに真理の一滴一滴が長い時間降りそそげば、森は草を生やし樹木を育てて、森が森として甦ってくる。死から生に移行したのではなく、因縁が整って生が現成したのだ。

私は生という舟に乗り、帆を張り棹をさして舟をあやつる時には、まわりの風景も生の中に成立している。舟を降りれば、生が終って死ぬのではない。舟に乗ったまま、生から死の世界に渡っていくというのでもない。二つの空間があって、違う世界から違う世界に渡っていくというのであれば、死から生への移動も可能だということになる。生は生であり、死は死という別個のことなのである。死ならば、死の舟に乗るということだ。

私は知床の森を歩いている。熔岩層の上に薄い土壌があり、冬には烈風が吹き深い雪に覆われる知床は、倒木が多い。原生林の中は荒涼とした雰囲気さえ感じられる。途中で折れた木も、根こそぎになった木もある。

木の身になってみれば、生の中にある時には身のまわりのすべてが生として、仏の真理をその身の上に実現していたのである。宇宙全体が生の活《はたら》きで充満しつくして、お互いに密接な関係を持っている生態系の中のヒグマのような大きなものも、菌のように微小なものも、すべて生にともなわないものはなかった。死が実現したのなら、自己が身を置いている宇宙全体が死の活きで充満しつくして、お互いに密接な関係を持っているすべてが、死をともなわないことはないということだ。

これは人間世界の善悪などを遥かに超えた世界なのである。

道元の料理

2009.7

道元の「典座教訓《てんぞきょうくん》」は何度読み返しても味わい深い。

「一茎草《いちきょうそう》を拈《ねん》じて、宝王刹《ほうおうさつ》を建《た》て、一微塵《いちみじん》に入《い》りて大法輪《だいほうりん》を転《てん》ぜよ」

一本の草のようになんら価値のない材料を使う料理であっても、それによって七宝で荘厳《しょうごん》した大伽藍《だいがらん》を建て、これ以上は分割できないような小さなものの中にはいり、偉大な仏の教えを説きつづけよ。

これは料理をするものの心得である。典座とは、禅の修行道場で食事をつかさどる役僧のことだ。修行僧を供養する必要があるから、典座の職がある。典座の職とは、さとりを求める深い心をおこした人だけに割りあてられる職で、純粋で雑念のない仏道修行そのものである。自らも仏道を究めようという心がなかったら、つらいことに心を煩《わずら》わせるだけで、何も得るところもなく、無駄な仕事ということになってしまう。

料理の材料であるたった一本の草でも、そこに仏道を実現することができるのだ。粗末な材料だからといいかげんに扱ってはならない。また頭乳羹《ずにゅうこう》のような高級な材料を使って料理をつくる時でも、喜躍歓悦《きやくかんえつ》の心をおこしてはならない。つまり、それに引きずられて喜んだり、浮かれたりしてはいけないということだ。

　頭乳羹とは、禅寺にとっては最高級の食材である。頭乳は牛乳で、これを精製すると五味が得られる。乳《にゅう》・酪《らく》・生酥《しょうそ》・熟酥《じゅくそ》・醍醐《だいご》が五味である。この中でも最高級の醍醐はすべての病に効く妙薬であり、仏教における最高の段階である涅槃《ねはん》に通じている。

　道元はすべての執着する心をなくしたからには、よい材料だからといって態度を改め卑屈になったり、粗末な材料だからといって怠けることがあってはならないとする。手に入れた材料で最高の料理をつくろうと心掛けなければならない。

　これは生き方そのもののことである。材料の良し悪しに引きずられて自分の態度を変えることとは、対する相手によって人格を変えるようなことであり、自分を失うことだ。これは修行に励んでいるものの行いではない。修行僧に食事を供養する典座ならば、どんな材料からでも最高の料理をつくるようにと、心を砕くべきなのだ。その心掛けが、結局典座自身の修行となる。

　その心をもってするなら、一本の草によって大伽藍を建てることもできるし、一微塵の中にはいっても広大無辺な仏の教えを説きつづけることができるのである。

　考えてみるなら、一枚の粗末な菜っ葉であっても、これが自分の手元に届くまでには数々の縁をへてこなければならない。もしある農民が、この菜っ葉は自分がつくったと主張するなら、もちろんそのとおりであるだろう。だが要因はそれだけではない。その人が蒔《ま》いた種を土が受けとめ、水と太陽の恵みを受けて発芽し、育っていく。自然がその菜を包み、成長させていくのだ。そこには大変な縁がはたらいている。種を蒔いた人が収穫したとして、寺院の台所である庫裏《くり》に届けられるまでも、幾人もの手をへなければならないのである。農民がその菜っ葉は自分がつくったというのは、正確ではない。

一枚の菜っ葉の背景には、森羅万象という真理がついている。菜っ葉が安価で粗末だという外見を持っているのだとしても、真理を粗末に扱うことはできない。料理人はそれを材料として、可能なかぎり最もよい料理をつくろうと努力をすべきなのである。

道元の思想は、一本の草で七宝の大伽藍を建て、埃《ほこり》のような一微塵の中にはいって大法輪を転ずるように、自由自在である。微小な原子から大宇宙に、大宇宙から一分子たる人間に、数量や見かけの大小にとらわれず、思うがままに行き来してみせる。一本の草からも人の生き方を説いてみせるのである。

道元「典座教訓」の言葉である。

「功徳海中《くどくかいちゅう》、一滴《いってき》も也《ま》た譲《ゆず》ること莫《な》く、善根山上《ぜんこんさんじょう》、一塵《いちじん》も亦《また》積《つ》むべきか」

典座の仕事をすることは、大海のように功徳を積むようなことである。この大海も一滴一滴が集まってできているのであるから、その一滴一滴を無駄に使ってはならない。つまり、どんな小さなことでも他人まかせにせず、自分自身の修行としてやりとげなければならない。善根を山のように高く積み上げることでも、一塵ともいうべきわずかな土が積み上がれば高山となるのであるから、その一塵を他人にまかせおろそかにしてはならないということだ。意訳をすればこのようになる。どんな大海も一滴一滴でできているといわれればその通りであり、どんな高山も一塵一塵でできているといわれれば、まさにその通りなのだ。道元独特の譬喩《ひゆ》である。

どんなことでも分解していけば、限りなく微小な単位になっていく。料理にはまず六味《ろくみ》がある。苦《く》（にがい）・酸《さん》（すっぱい）・甘《かん》（あまい）・辛《しん》（からい）・鹹《かん》（塩からい）・淡《たん》（味がうすい）である。ここから淡を除いたのが五味であり、淡とは食材の本来持っている味をそこなわないよう薄味にすることである。淡こそ、味の極意というものだ。『菜根譚《さいこんたん》』にはこう書かれている。「濃肥辛甘《のうひしんかん》は真の味にあらず、真の味は是《こ》れ只《た》だ淡《たん》のみ」

このように味を積み上げることも、善根の山上に至ることである。食事の味については六味があるのに対し、料理には三徳もある。軽輭《きょうなん》はあっさりして口当たりがよいことで、浄潔《じょうけつ》は清潔でさっぱりしていることで、如法作《にょほうさ》は正しい順序と方法によってていねいにつくってあることだ。

六味のバランスがよく、三徳がそなわってはじめて、典座が修行僧に食事を供したことになる。修行僧の腹を満たす料理をただつくればよいというのではない。食事のすべてのことに気を配るのが典座なのだ。

米をとぐ時には、砂がまじっていないかとよく気をつける。砂を捨てる時には、米がまじっていないか気をつけ、念には念をいれて気を緩めない。そうすれば三徳も六味もおのずとすべて整ってくるのである。

米のとぎ汁も、無造作に捨ててはならない。布で袋をつくっておき、そこにとぎ汁をいれてこし、たとえ一粒の米でも無駄にしてはならない。ほどよく水をいれて鍋におさめたなら、ねずみが汚したり、無用の者に触れさせたり覗《のぞ》かせたりしてはならない。

「飯《はん》を蒸《む》すには、鍋頭《かとう》をもて自頭《じとう》と為《な》し、米《こめ》を淘《よな》ぐには、水は是《こ》れ身命《しんめい》なりと知る」

飯を蒸す時には、鍋は自分そのものだとみなし、米をとぐ時には、水を自分自身の命だと思うのだ。食材を人間の眼のように大切にすると同様に、日常生活で使用するものを敬って大切にしなければならない。

何故《なぜ》道元が日常の生活の細ごまとしたと思われるものにこだわり、大切にするかということは、道元思想の根本に関わっている。

道元が中国の天童寺に留学し修行をはじめた時のことである。用《ゆう》という六十八歳の典座が、太陽の照りつける仏殿前の焼けた敷き瓦でキノコを干していた。老典座は杖をつき、笠さえかぶらず、一心不乱に仕事をしている。道元は、そのようなお年でこんな暑い時にせず、下役か雇い人にやらせればよいではないかと話しかける。用典座の答えはこうだ。

「他《かれ》は是《こ》れ吾《わ》れにあらず。更《さら》に何《いず》れの時をか待たん」

他人がしたのでは、自分がしたことにはならない。それならいつやればよいのか。このような意味である。他人にさせてどうして自分の修行なのか。この今やるべきことを今するのが修行なのである。さらに道元は別の僧にこのような言葉を向けられ、修行とは何かを知る。

「偏界曾《へんかいかつ》て蔵《かく》さず」

この世の中のことは何も隠されているわけではなく、すべてが露《あら》わになっている。真理もいたるところに満ちているのに、それが見えないのは、我欲などのために目が曇っているからである。真理は寺の中だけにあるのではなく、路上にも、台所にも、自分の部屋にも、掌の上にも、いたるところに遍在している。もちろん食材にも出来上がった料理にもである。修行はどこでもできる。真理の象徴である竜の顎《あご》の下の玉も、苦労して手にいれてみれば、そこいら中玉ではないものはないということだ。

2004.9

天童街から天童寺へ

中国といわれて咄嗟《とっさ》に思い浮かんだ光景は、天童街《てんどうがい》とそこから万松路《ばんしょうろ》と呼ばれる松並木に結ばれた、天童寺の光景である。

村の中心地である天童街の家並で印象的なのは、黒い甍《いらか》である。烏《からす》のような色をした甍が、全体の色調である。壁の白と、まわりの山の緑とが、鮮やかなコントラストをつくっている。唐の時代からほとんど変わっていないといわれるこの景色の中を、求法《ぐほう》の志に燃えた二十四歳の道元が足早に歩いていく。道元は禅風の墨染《すみぞ》めの衣を着ているから、この天童街とは不思議な調和を保っていたはずである。ところが道元は、珍しいはずのまわりの風景にも、まったく関心を示そうとはしなかったであろう。

現在天童街にいくと、街の真ん中をまっすぐに突き抜けていくメインストリートがあり、様々な商品を売る店がならんでいる。中国を旅していると、時として四千年の時空を飛び越えたように感じることがあるが、道元がここにやってきておよそ七百八十年だ。一人の青年が思い詰めた顔をして足早にこの街を通り過ぎていってから、後年の私たちはまことに多くのものを得たのである。

天童街を通り抜けると、黄色く塗られた新しい山門がある。そこから先が万松路で、私は七百八十年前の道元と同じように、その石畳を踏んでいく。松は明の時代に植えられて世代交代もしたが、石畳は唐の時代のものである。山門を三つくぐり、七百五十メートルの松並木を通り抜けたところにあるのが、天童寺だ。私は道元の小説を書くために風景を見たくてここにやってきたのだから、ようやくたどり着いたなというしみじみとした感慨があった。

道元が学道をし、身心脱落というさとりの境地に到達したのが、この天童寺なのである。大《だい》伽藍《がらん》の甍は天童街と同じような黒が基調だ。大伽藍全体が山の斜面に建っているのは、道元が建てた永平寺と同じであった。

2007.1

『芭蕉』後記

芭蕉は禅の人である。深川の芭蕉庵の近くには、仏頂和尚が錫《しゃく》をとどめていた臨川庵があった。二つの庵は、わずかに小名木川という小川をへだてていただけであった。本来は常陸国（茨城県）の鹿島根本寺の僧であった仏頂和尚は、寺領の訴訟のため江戸に上がっていた。これが芭蕉にとっては幸運であったのだ。

根本寺は聖徳太子創建と伝えられている名刹で、徳川家康が鹿島神宮の領地から百石を割いて寺領にした。しかし、根本寺には無住の時期があり、百石の寺領が鹿島神宮に戻された。延宝二（一六七四）年に仏頂が根本寺の住職になると、寺領を取り戻すための訴訟を起こした。まことに俗なことではある。

訴訟は天和二（一六八二）年に落着して、百石の領地は根本寺に戻ってきた。訴訟の間、仏頂和尚はしばしば深川の臨川庵に来て、芭蕉は朝な夕なに参禅をした。芭蕉が深川に居を移したのは延宝八（一六八〇）年冬のことで、三十七歳の時である。仏頂和尚と芭蕉との交渉があったのは、この年とその翌年のあたりであろう。貞享四（一六八七）年八月には、芭蕉は曾良と宗波をともなって仏頂和尚を訪ね、「鹿島詣」の旅に出ている。つまり、仏頂和尚はこの時には鹿島に帰っていたのである。

仏頂和尚の名が後世に広く知られるのは、『奥の細道』で芭蕉が黒羽の雲巌寺に仏頂の事蹟を訪ねたからである。雲巌寺は臨済宗妙心寺派の根本道場で、芭蕉の時代も今も外来者の参拝を許さない。芭蕉が入れたのは、境内までだったのである。芭蕉は裏山の仏頂和尚が山籠りをした跡を訪ねる。

そこは縦横五尺にも足りない草の庵で、深川の芭蕉庵よりよほど粗末であったようだ。五尺といえば百五十センチで、坐禅をするのがやっとという狭さである。そんな庵でも、雨風を避けねばならず、人は生きるために屋根や壁をつくらなければならないのは悔しいことだ。芭蕉は仏頂和尚と自分を感応させ、家などいらず、何もいらないという道心の覚悟について語っている。鳥も獣も虫も一糸まとわぬ真っ裸で、何一つ所有せずに生きているではないか。四季がどのように移ろおうと、自然に身をまかせて自在に生きている。どんなに深い道心をもっていても、そこにいるために庵を結ばなければならない人間は、なんと不自由なことだろう。雲巌寺を訪ねた芭蕉の感慨は、このようであろう。

芭蕉は所有しているものを一枚一枚脱ぎ捨て、最後に残った肉体も旅の中に捨てた。しばしば芭蕉と参禅をした其角は、俳諧はすなわち禅のごとしといっている。芭蕉や其角の目ざしたのは、俳禅一致の鍛錬であった。一枚一枚捨てていくのはまことに困難な鍛錬であり、芭蕉の表現とはその困難に向かって歩んでいくことであったと私は思うのだ。困難はそんなに簡単に達成できるものではない。その困難を知っているからこそ、芭蕉は醒めていた。

稲妻に悟らぬ人の貴さよ

晩年の芭蕉のこの句に接すると、理想の深さが感じられる。芭蕉が目ざした究極の俳諧とは、詩によって諸法実相に迫ろうということだ。すべての偏見を捨てて諸存在を見ると、諸存在の諸相が一貫した真理（法）につらぬかれ、現象としての姿（相）を現じていることがわかる。それが諸法実相である。芭蕉のすぐれた俳諧は、諸法実相を詩にしたのだ。それを蕉風と呼ぶ。

禅者道元に導かれて、『奥の細道』の精神性を旅したのが、本書『芭蕉』（佼成出版会）である。実際の私の旅は、月刊誌『ナーム』への連載という姿（相）をとったため、ゆっくりと歩きはじめ、多くの人のお世話を受けつつ、多くの時間を費やしたのであった。

思想の語り部

2001.3

相田みつをは、道元禅師の思想をまことに平易に、いわば庶民にわかるように滑らかに語っているのですね。たとえば「そのときの出逢いが人生を根底から変えることがある　よき出逢いを」。これは完全に道元と師の如浄という人の出逢いが根底にあるということが、よくわかりますね。「感応同交」という言葉があるんですが、師が感じるように弟子も感じる、正師に逢うというイメージです。師が感じることは弟子が感じることだという、そういう関係は、めったにないことですけれども、そういう理想を根底に置いて「感応同交」といっても、わからんじゃないですか。それを、「そのときの出逢いが人生を根底から変えることがある　よき出逢いを」といえば心の中に入るかなという、そんな感じですね。

どの言葉も、つづめていえば思想的な覚知があるんですよ。そこに、言葉が表面的にあるのではない、相田みつをの深さなんじゃないですか。

「いつどこでだれとだれが　どんな出逢いをするかどういうめぐり逢いをするか　それが大事なんだよなあ」というのもそうです。当たり前のことですけれども、根底に禅的な思想の蓄積があるんですね。『正法眼蔵』なんか読むと、ここから出たなということがよくわかるんですよ。それをわかりやすく語っていく、大衆に向かっての一種思想の語り部ですね。なかなか見えにくいと思うんですが、道元の思想、仏教的な思想というものがくり返しくり返し、こういう形で語られることに価値があるという感じがしますね。

道元に「一緒に修行している人間は非常に深い縁があってここにいるんだから、水と乳のようにに交わりなさい」というんですが、これは『学道用心集』かな、「堂中の衆は乳水の如くに和合して、互いに道業を一興すべし」というんですが、これは人間の付き合い方の究極の姿ですよね。そういう出逢いを大切にするということも、その根底に今の出逢いの言葉はあるわけですよ。それから絶対の人との出逢いというのも、ここには「正師」ということが書いてあるけれども、それは相田みつをにとっては武井哲応老師であり、道元禅師なんですね。道元禅師にとっては如浄という中国の師です。そういう出逢いへの渇望を感じますね。

縁というものが禅の世界ではとても大切で、縁を重視するような言葉が多いですね。

道元の思想というのは、有り体にいえば、何も隠されていないという思想です。この世の中は、何も隠されていないで、すべてあらわに出ているという思想なんです。ただ、それを人は感じることができない。それを感じるために修行があったりするわけだけれども、「目の前に世界のすべてがある」という思想なんです。何も隠されていない世の中にいて、「現成公案」とは、過去・現在・未来すべて、今この瞬間に現われている、この空間にあるものすべてもこの一点に現われている、という考え方ですね。全宇宙も水の一滴の中にはいってしまう。現在のこの一点にこそすべてが現われていて何も隠されていない、という考え方です。その現成公案の思想が、たとえば「花はただ咲くただひたすらに」ということです。花は花でただ咲く、ただひたすらに花として咲いている、と。これは、もっといえば、花は自然の秩序の中にあるわけです。自然の摂理の中に、ただそこに存在している。花は、「自己とは何か」とか、そういうややこしいことを問わずに、すでにさとりきった姿でそこにあるというんです。たとえば「さとり切って花はそこに咲く」というと難解になりますね。ちょっとむずかしくて意味がわからなくなるけれども、「花はただ咲くただひたすらに」という。これはさとりの姿ですね。それをこういう平易な言葉で表現していることが、ある深さをもたらしているんじゃないですか。

さとりというのは、自然の中であるがままにある、ということです。ただ、そのことが人間にはむずかしいんですね。たとえば『にんげんだもの』の中で「花はただ咲くただひたすらに」とさとりの境地をここに描いて、そのあとかえすわけですよ。「一番わかっているようで一番わからぬこの自分」と。そのことをわかっていながらさとれない自分がいる。これが人間の姿なんです。「じぶんこのやっかいなもの」というふうに註釈がついているけれども、これは、さとりということは頭でわかっていながらさとれない、自然の摂理の中にはいることのできない過剰な存在であるところの自分というものを、ここで一回かえしているんですね。そして少し居直る。「七転八倒　つまづいたりころんだりするほうが自然なんだな　人間だもの」

と。当然こういう俗の部分を許容していきながら、やはり花のようにただひたすらに咲くという境地に行くべきだと思うんですよ。もちろん相田みつをがいろいろ迷いを見せているところが大衆に支持されるとこなので、そのことをそのまま書いているわけで、この本の中で、そういう思想のゆらぎみたいなものがあらわに出ているんですよ。禅の本というのは過程を捨象してさとりの境地だけがそこにあるというふうな形を見せがちなんだけれども、そこに行くまでの迷いというものを非常にわかりやすく見せてくれる。ある意味のやさしさですよね。たとえば「かねが人生のすべてではないが有れば便利無いと不便です　便利のほうがいいなあ」なんていうのも、これは何だといわれれば別に何でもないんだけれども、一方にそういうさとりの境地のイメージが出ているから、過程として読めるわけですね。

禅僧の本とか、仏教思想書には多くの場合過程がない。結果だけがポーンとたっていて、その空白を埋めるのが大変なんですよ。同じようなことは道元禅師にもいえるんですけれども、難解な理由はそれなんです。でも相田みつをという人は、庶民の哀歓というのをあるがままに見せながら、求道の道を間違いなく歩いているんですね。それが相田みつをの偽らざる日常的な姿のような感じがするな。

いのちを語っているのが「自分の番　うまれかわり死にかわり永遠の過去のいのちを受けついで　いま自分の番を生きている　それがあなたのいのちです　それがわたしのいのちです」というもので、連綿と続いていくいのちの連鎖を書いているんですが、ここには自己というものはないですね。近代的な自意識というものはなくて、自分に執着していく姿がだんだんと消えていく感じがするね。そのあと、「悠遊　空を見上げてごらん　ゆったり悠遊　雲もゆうゆう　鳥も悠遊　小さな自分がわかるかな」と。

　相田みつをの一つのよさというのは、女々しい部分をいっぱい持って、その優柔不断さを在家で、普通の人の哀歓をそのまま出していることでしょうね。高踏的なことをまったくいわないで、一つ一つ全部わかりやすい言葉で語っていることですね。

「いちずに一本道　いちずに一ッ事」というのも道元の言葉であるんですよ。「一事を専らにせんすら、鈍根劣器《どんこんれっき》の者はかなふべからず。況や多事を兼て心操をとゝのへざらんは不可なり」。『正法眼蔵随聞記』の中にあります。要するに一つのことを一途にとにかくやりなさい、と。あれもこれもということはできないので、たとえば道元の場合には仏道修行をこれだけやっていればいいんだ、あれこれ考える余裕なんかないはずだ、ということをいっているわけです。道元の言葉は非常に含蓄のある言葉ですけれども、それを相田みつを風につづめていえば「いちずに一本道　いちずに一ッ事」というふうに単純化するわけです。そういうふうに、道元思想を展開していますよね。相田みつをの愛読書は『正法眼蔵』だったというふうに聞きますからね。

　平易にいい切ることというのは、なかなか、できそうでできませんよ。「ひとつの事でもなかなか思うようにはならぬものですだからわたしはひとつの事を一生けんめいやっているのです」というのも、まさにそのことですね。「うつくしいものを美しいと思えるあなたのこころがうつくしい」というのは完全な唯心論です。仏教そのものは唯心論なので、自分を鍛える、自分の心を美しくする。とにかく見えるものというのは、すべて美しいという全肯定の思想です。ぼくはお釈迦さんの目というのは最終的には全肯定だと思うから、何を見ても美しいんですね。それが、相田みつをにいわせると、「うつくしいものを美しいと思えるあなたのこころがうつくしい」ということになる。心がすべてを見ているという、そもそも唯心論の思想ですね。お坊さんがやさしくしようと直接性でいうと、どこか無理があるんだけれども、在家で生きてきた人は在家でトボトボと歩いていく。その求道の道筋を見せてくれるわけですよね。

道元は、心のきれいな人は夢の中まできれいだと書いているんですよ。たとえば明恵《みょうえ》という人は、自分の夢の中まで美しくしようとして嫌な夢を見たらそれを記録して、隅々まで心をきれいにしようとした。よくも悪くも心がすべてを決定するから、心の中を隅々まできれいにすることが大切です。悪い夢を見た自分を恥じるというように、そこまで自分を追い詰めていくんですね。自分の見る夢というのは自分の身や心に深いかかわりがあって、その夢によって修行の成り行きというものがわかる。明恵という人は夢を記録して夢判断を自分の修行の成り行きの判断にした人です。だからずっと夢を記録していったわけです。明恵は道元と同時代の華厳宗のお坊さんです。

「ただいるだけで　あなたがそこにいるだけでその場の空気が明るくなる　あなたがそこにい

るだけでみんなのこころがやすらぐ　そんなあなたにわたしもなりたい」なんて、とってもいいよね。人に影響を与えるというのは、何にも無理矢理知識を講義するとか、そういうことではなくて、その存在自体がその人に深い影響を与えざるを得ないという、一種の理想の形ですね。その人がある一定の完成された人格であるということ、これは簡単なことではないけれども、仏に近付くという理想、そのへんのむずかしい思想の形というのを、こういうふうにやさしく語っているんですよね。

これなんか、人間のさとりみたいなことを、花とはまた違う、夢みたいな心の持ち方が書いてあるな。「いまここに　だれともくらべられないはだかのにんげん　わたしがいます」。何ともないんですけれども、いろいろな俗性をはいだ後の、これも一種のさとりの境地でしょうね。一本の草とそこにいるという、それが相田みつをの理想だったんじゃないでしょうか。過剰な執着を持たず、欲も持たず、自然の中に調和して、そこにいる。ただ彼の言葉というのは、その執着と闘ったり、きしんだりしながら生まれてきた言葉だから、そういうきしみなんかの率直な告白みたいな言葉と、突然何か開けてきて高みにスーッとのぼっていくような、そういう境地とが混在していますよね。言葉も玉石混淆のような感じがするけれども、それが、悩みの世界がそのままでてきている相田みつをのかっこうつけない姿です。韻律を踏むわけでもなく、美しい言葉を衒《てら》うでもなく、普通のほんとの話し言葉で呟《つぶや》くように書くことが、相田みつをの言葉の呼吸法なんでしょうね。

わけですね。すべての中に仏性はあって、生きること、すなわちそれは仏性だという考え方。欲とか見栄とか、いろいろなものをはいだ果てに出てくる自分というものが、近代的な自我とは違う仏である自分、自然の中で何の齟齬もなくそこに存在している自分、それがさとりの境地なんだけれども、そういう境地への渇望というのが「ほんとうのことが一番いい」という短い言葉の中にあらわれていますよね。ただ、「仏性」と書くと、またいろいろややこしくなるし、いわばありきたりの言葉になってしまうけれども、それをこういう形でいうことが、彼の新しさというか、独自性なんでしょうね。

もう一つだけ付け加えれば、「ほんとうのことが一番いい」といって、その後ろの文章に「眼横鼻直」と書いてあるわけです。「眼横鼻直」というのは、「眼は横について、鼻は縦についていますよ」ということです。道元禅師が中国で修行してきて、日本に帰って来て「あなたは何を勉強したんだ」と問われた時に、「眼横鼻直」といった。これは当たり前のことじゃないですか。眼が横について鼻が縦についている。それを習ってきた、ということなんですよ。仏教というのは、当たり前のことを当たり前にさとるというのが本当に深い哲理です。行き着く果ての深い哲理です。その当たり前のこと、本当のことが一番いいという、当たり前にいるところのすべての人間に仏性があり、草木国土悉皆成仏という、すべての生とし生けるものの中に仏性があるという考えは当たり前だ、ということです。当たり前のところに本当に尊いいのちがあるんだよということをいっているわけで、「ほんとうのことが一番いい」という言葉を道元風にいえば「眼横鼻直」です。当たり前のことを発見するというのが、やはり非常にむずかしい。

禅というのはそういう思想であって、それをわかりやすく平易に語ろうとしたんじゃないですか。相田みつをの表現そのものが「眼横鼻直」です。ここまで「眼横鼻直」に徹するということが一つの境地ですね。それが時には誤解を生むでしょうね。でも、それをあえて通していくという、この人の偉さですよね。そこまで凡夫たらんとする。力を入れて凡夫になるわけじゃなくて、自然に平凡な人間になれるという、それは強さなんじゃないですか。読めば読むほど強いですよね。表面の言葉としては一つもむずかしくないから、平易過ぎて物足りないような感じがどうしてもしてしまうけれども、でも考えぬいていくと、深い道元の思想にやっぱり行き当たりますね。

『普勧坐禅儀《ふかんざぜんぎ》』に、「原《たず》ぬるに夫《そ》れ、道本円通《どうもとえんづう》、いかでか修証《しゅしょう》を仮らん。宗乗自在《しゅうじょうじざい》。なんぞ功《く》夫《ふう》を費やさん。いわんや全体はるかに塵埃《じんない》を出づ、たれか払拭《ほっしき》の手段を信ぜん」というのがありますけれども、こんなことといったってわからないわけでしょう。これは翻訳すると、「よくよく考えてみると、仏道は本来すべての人にまどかに行き渡っているから、どうして改めて修行やさとりを必要とするか」という意味です。「仏法は誰でも自在に使いこなしているので、どうしてそれを得ようと工夫することがあるか。仏道というのは迷いや汚れをはるかに越えたものであるから、どうしてこれを払いのける手段があるか。すでに仏法の究極はいまここにあらわれているのである。どうしてこれを目指して修行を進めることがあろうか」

これは道元思想の根本なんですよ。すべてがまどかにあらわれていて、何で修行しなければいかんのかという根本的な疑問。

またここで、相田みつを風にいえば、もとに戻るんです。「いまここに　だれともくらべられないはだかのにんげん　わたしがいます」で、これで終るんですよ。裸の人間で、何で修行することが必要なのかというふうなところにかえってくる。

「イキイキはつらつ感動いっぱいいのちいっぱい」。何てことはないんだけれども、これだけの本当に単純な言葉の中に、たとえば仏道はすべての人間にまどかに行き渡っているという言葉を対比すると、この世の中の我々の生き方というか、いのちを進めていく日々が感動的に見えてくるから不思議です。仏道というのは、元来すべての人にまどかに行き渡っているという、そのことを平易にいえば、たとえば「イキイキはつらつ感動いっぱいいのちいっぱい」というような言葉になったり、また「ほんとうのことが一番いい」ということに戻ったり、単純化していくわけです。「花はただ咲くただひたすらに」という言葉に戻ったりするんですね。「梅の木に梅の実　柿の木に柿の実　それでよいのです」という、まさにここにかえってくるんですね。

相田みつをは道元思想を相当大衆化したところで、もちろんこぼれ落ちてくることも多いんですけれども、相田みつをという一人の人間にとって必要なものの中心を摑んでいますね。

2009.3

「おくりびと」を観て

米アカデミー賞外国語映画賞を受賞した「おくりびと」を観て、青木新門『納棺夫日記』を思い出したが、うかつなことに私は主演の本木雅弘がその本を読んで感銘を受け長年企画を温めていたと、後に知ったのだ。納棺夫という体験から死を凝視した『納棺夫日記』は、十年以上前に読んだ私にも消え難い印象を刻んでいた。

死を正面から見据えた、感覚的であり宗教的にも深遠な文章をよく映画にしたものだと、私は感心した。物語の筋立てらしきものもなぞってはいるが、青木新門の造語である「納棺夫」の精神の到達点を深く描いていることが貴い。小山薫堂の脚本が、映画の根底を底光りして支えていると感じた。思想を形成するに至る体験を物語化するという困難な仕事を、見事にこなしているのだ。

『納棺夫日記』にはこんな文章がある。

「死をタブー視する社会通念を云々していながら、自分自身その社会通念の延長線上にいることに気づいていなかった。

社会通念を変えたければ、自分の心を変えればいいのだ。

心が変われば、行動が変わる。」

内省を忘れず、絶えず自己変革してきた人の言葉である。ここには唯心論としての仏教の影響も強く感じられる。

「おくりびと」の主人公も、所属していた楽団がいとも簡単に解散になって、新聞の求人欄を見て高収入にひかれ安易に納棺夫になる。死は究極の「ケガレ」であり、最も忌むべきものだという固定観念が、日本人の心性の底にある。主人公の青年は、まず自己と闘わねばならない。彼の職業を「穢《けが》らわしい」という友人知人や妻とも闘わねばならず、死を悪とする社会の絶望的な矛盾に突き当たる。死を決定的に忌み、生にしか価値を置かない今日の社会で、主人公は苦悩する。しかし、主人公は生死《しょうじ》の真実を見てしまっているために、根底では内面がたじろぐということはない。

本木雅弘の演技は、人間関係にダメージを受けても内心では真実を見たことを確信している主人公を、強靭《きょうじん》にまた繊細に見せている。社会通念の檻《おり》から出られない人を見る悲しそうな表情がよい。

納棺という仕事を様式化し、茶道や華道や、しいては禅の所作につながる美しさにつなげたことが、滝田洋二郎監督の演出のさえというものだろう。肌を見せずに全身をアルコール綿でふき、死装束を威儀とともに着せ、死化粧をていねいにほどこす。精いっぱい美しく装ってこの世から送り出してやるというやさしさが、死者への尊厳に満ちている。

腐乱死体から逃げて部屋を動き回っている蛆《うじ》も、生命だと思うと光って見えたというくだりが『納棺夫日記』にはある。「おくりびと」も、生も死も分け隔てしない全肯定の世界なのである。

映画を観ている間、私には道元の『正法眼蔵』の言葉が響いていた。一人一人の中に無限の真理が内在しているのだから、そこには生も死もある、という意味だ。

「しるべし、自己に無量の法あるなかに、生あり、死あるなり」

III

是れ道場なり

是れ道場なり

2009.8

日蓮聖人は法華経の行者としての信念をつらぬき、如来使の自覚を持つに至った。国家による激しい弾圧にも屈することなく、法華経を生きた。法華経勧持品《かんじほん》第十三に「悪口罵詈《あっくめり》などし、及び刀杖《とうじょう》を加うる者あらんも、われ等《ら》は、皆まさに忍《しの》ぶべし」とあるとおり、どんな苦難にも耐えるべきことが説かれている。

いよいよ悪くなっていく今日の時代で、法華経と日蓮聖人の強い生き方は、私たちの人生の指針になるだろう。苦難のない人生はない。私自身も法華経如来神力品《にょらいじんりきほん》第二十一のこの部分を、身と心で何度唱えたことであろう。

所以《ゆえ》は何《いか》に、当《まさ》に知《し》るべし、是《こ》の処《ところ》は即《すなわ》ち是《こ》れ道場《どうじょう》なり

すべての場所が仏になるための修行道場で、この苦難の場所から仏が完全なるさとりの境地にはいったのである。人生の苦しみこそ、道場だといえる。法華経の強靭な思想に、私はどれほど救われたことであろうか。そして、法華経的な生き方を自らの人生で示してくれたのが日

蓮聖人なのだ。

龍口《たつのくち》で斬首されようとする日蓮聖人の身に、振り上げられた刀が三つに砕けるという法華経観世音菩薩普門品《ふもんほん》第二十五とまったく同じ情景が出現した。命は助かったのだが、鎌倉から追放された弟子や信徒は二百六十余名におよび、門下五名が土牢に幽閉された。自らも捕われの身となった日蓮聖人が、自分のことはかえりみず弟子たちを案じて五人に手紙を書いた「五人《ごにん》土籠《つちろう》御書《ごしょ》」は、救おうと誓願した衆生への愛が感じられ、今読んでも心が熱くなる。

　今夜のかん（寒）ずるにつけて、いよいよ我が身より心くるしさ申すばかりなし

　今夜の寒さにつけて、いよいよ自分の身よりも五人のことを思うと、心が苦しいばかりです

と書いてある。自らの苦しい身をさておいてである。

こんな細やかな情愛と心くばりも、日蓮聖人の魅力のひとつである。

日蓮の心くばり

2003.1

日蓮が生きた時代とは、どのような世相であったのだろうか。『立正安国論』には、このように描写されている。「近年より近日に至るまで、天変地夭《てんぺんちよう》・飢饉疫癘《ききんえきれい》遍《あまね》く天下に満ち、広く地上に迸《はびこ》る。牛馬巷《ちまた》に斃《たお》れ、骸骨《がいこつ》路《みち》に充《み》てり。死を招くの輩《ともがら》、既《すで》に大半に超え、之《これ》を悲しまざるの族《やから》、敢《あえ》て一人もなし」

鎌倉の市街は死があふれ、すさまじいことになっていたようである。火山が爆発し、地震が頻発して、そのたび津波が起こる。日照りがつづけば、たちまち飢饉になり、飢えた人々が難民となって鎌倉に押し寄せる。難民は都市へと向かうのである。そのため多くの人が路上で死ぬことになり、巷に骸骨があふれる。鎌倉は難民都市であり、いかにも末法の風景であったろう。

地震が起これば、大火事になる。長雨が降れば、大洪水になる。自然災害というのは防ぎようもないのではあるが、人間がその害をなお大きくしている。自然災害も、不思議なことに社会の動乱期に多く起こっているのだ。自然災害であったのが、いつしか人為的な災害になっている。政治が機能的に働いて人々を救済すればそれですむところを、場当たり的な対策しか立てないものだから、災害はいよいよ大きくなり、結局のところ苦しみが民衆に襲いかかるということになる。

社会が大きく変わろうとする時期には、騒乱も多くなる。鎌倉幕府が樹立されて武家政権が確立したものの、腕に覚えのもののふたちが権力の座をめぐって争いをくり返していた。昨日の友は今日の敵で、現実に殺し合いがたびたびおこなわれ、鎌倉では血なまぐさい風がやむことはなかった。悪しき因果がめぐっているのである。

鎌倉幕府を開いた鎌倉将軍源頼朝は、落馬がもとで死んだとされる。脳溢血だといわれているのではあるが、戦場を駆けめぐった武将にしては、思いもかけない死に方だ。鎌倉幕府の史記録『吾妻鏡《あづまかがみ》』や『百練抄《ひゃくれんしょう》』などによると、相模川の橋開きの式典に出席しての帰路、弟の源九郎義経や平家の公達《きんだち》など自らの手で滅ぼしたものたちの怨霊が現われ、騒いだ馬に振り落とされたというのである。二代将軍頼家は将軍の器の人物ではなく、乱心したということで母の尼将軍政子《まさこ》の考えによって伊豆修善寺に流され、風呂にはいっているところを北条の手のものに惨殺された。

頼家の弟の実朝が三代将軍となった。実朝は朝廷の位階を昇りつめていき、右大臣を拝賀《はいが》することになった。鎌倉の鶴岡八幡宮の神前で拝賀式が華やかに行われようとしている時、鶴岡八幡宮寺別当《べっとう》の公暁《くぎょう》が太刀を一閃させて暗殺した。公暁は頼家の実子で、実朝の養子になっていた。公暁の行動は謎に包まれているのだが、どうも自分が四代将軍になろうとしていたふしがある。こうして源氏の血は三代で断えた。悪しき因果がめぐっているとしか思えないのである。

武士は殺生を重ねたあげくに、新政権を樹立した。たとえ戦場であっても殺しに殺した因果が報い、手を血で汚したものはやがて自分が殺される。天下を治めるものがこのようなのだから、この因果は民にもめぐっていき、人々は苦しい暮らしをしていた。

これは末法の世の中だからなのだと、人々はあきらめの感情を持っていた。釈迦が入滅して二千二百年たち、釈迦が説いた正しい教え（正法）は絶え、仏法は完全に滅んでしまったと、誰もが恐怖にも近い感情を抱いていた。人々は自分を救ってくれる仏法を心から求めていたのである。

だが戦乱がやむことはなかった。京都の公家は、鎌倉武士の台頭に大いに危機感を持っていた。政権を再び掌中におさめたいと、虎視眈眈《こしたんたん》とねらっていたのである。鎌倉幕府を事実上掌握している執権北条義時を後鳥羽上皇が討つべしと天下に院宣《いんぜん》を発したのは、実朝暗殺の二年後である。日本国王ともいうべき後鳥羽院が宣戦布告してきたので、最初鎌倉武士たちは恐れおののいた。尼将軍政子の演説によって鼓舞された武士たちは鎌倉から大挙して京都に攻め登り、朝廷軍はたちまち破れ去った。院についた主だった武士たちはすべて斬首された。後鳥羽院は隠岐に配流となり、第三皇子の順徳院は佐渡に流された。乱に組しなかった第一皇子の土御門院は自らを配流する形で阿波に移った。俗にいう承久の乱により、天下は完全に武士のものになった。しかし、この乱でどれだけ多くのものが死に、たとえ生きのびたとしてもどれだけのものが苦しみを味わったであろう。

苦しみが起こるたび、人々は末法の世を実感したのである。

承久四（一二二二）年二月十六日、承久の乱の翌年、日蓮は安房国長狭郡東条郷《あわのくにながさのこおりとうじょうのごう》の片海《かたうみ》で生まれた。末法の血なまぐさい風が吹きまくる京都や鎌倉からはその不穏な風が届かない。穏やかな海辺の小村で生まれたことが、日蓮には幸運だった。元気な産声が響いた時、庭に泉が湧き、海中に蓮の花が浮き、岸辺に鯛が騒いだと伝わっている。その子には、善日麿《ぜんにちまろ》という名前がつけられた。

五十七歳の時に書いた『本尊問答抄《ほんぞんもんどうしょう》』で、日蓮は自らの生いたちを語っている。

「日蓮は東海道十五カ国の内、第十二に相当する安房の国長狭の郡東条の郷、片海の海人《あま》が子《こ》也《なり》」

自分は漁師の子であるといっている。聖武天皇の末孫の家柄に生まれ、争いに巻き込まれて漁師に身をやつした家系であるとの説もあるようだが、本人の語っていることを正面から受けとめることがよろしかろうと、私は思う。最も大切なのは、真理を生きるということである。仏種《ぶっしゅ》は家柄によってつくられるのではない。素性や、容姿や、財産によって人は貴いのではない。真理を知り、真理を生きて浄福をつかむものが、尊敬されるべきなのである。日蓮は名もなき庶民の家に生まれたことを誇る。庶民は知識から遠ざけられていたのだが、発奮して学ぶと、権勢の奢《おご》りを歴史の中に冷静に見ることができる。権勢は富を自分のところに集中させようとするものだが、そんな思考に庶民は不正を見る。日蓮は国家や社会の中の悪に対して激しい異説をとなえ、何もかもが平等で平穏な仏国土の建設をとなえることができたのである。

安房の海岸の村で育ったことが、幼い善日麿にとっては幸いであった。激しい欲望の風が吹いてくることもなく、血なまぐさい権力闘争の風も起こらない。房州の澄んだ海が、善日麿の精神形成に果たした役割は大きかったに違いない。生きとし生けるものの命を養う海は、ただやさしいのではなく、荒れれば表情をまったく変えて手がつけられなくなる。風がやんで静かになると、深く深く澄み渡る。真っ黒くなって荒れ狂っていたと同じ波が、この上なく柔軟に人を包むのだ。

日蓮の生涯も海のようである。信念を通すためには妥協を知らず、どんなに権勢を誇るものに対しても一歩も譲ることなく、素手で立ち向かっていく。どのような法難に遭おうとも、こうと信ずることのためにはまったくひるまない。鉄の砦のような日蓮の姿はつとに後世の人の間に伝わっているのだが、私は慈愛に満ちたまさに人間的な日蓮について述べてみようと思う。

文永八（一二七一）年九月十二日、希代の悪僧であると世評がつくられていた日蓮は、鎌倉の松葉谷《まつばがやつ》の草庵にいたところを、平頼綱ひきいる数百の武装した武士に襲撃された。痩法師《やせほうし》一人に対して、あまりにも大袈裟で無惨である。兵士は日蓮の持仏の釈迦如来像を泥の中に投げ込んだ。日蓮の懐中に手をいれて法華経の巻物をつかみだし、日蓮の顔を三度激しく殴った。

「法華経の第五の巻をもて、日蓮が面《おもて》を数箇度打ちたりしかば、日蓮は何とも思わず、うれしくぞ侍《はべ》りし」（「妙密《みょうみつ》上人御消息」）

日蓮がこのように書いたのには訳がある。日蓮が殴られた法華経第五の巻には、苦難に耐えるべきと説かれた勧持品《かんじほん》第十三がはいっていたのだ。

「仏の滅度《めつど》の後、恐怖《くふ》の悪世《あくせ》の中において、われ等はまさに広く説くべし。諸《もろもろ》の無智《むち》の人の悪口罵詈《あっくめり》などし、及び刀杖《とうじょう》を加うる者あらんも、われ等《ら》は、皆まさに忍《しの》ぶべし」

仏が滅度して後の恐怖の満ちた世の中においても、法華経を広く説かなければならない。法華経を説いたとたん、多くの無智の人が悪口をいい、ののしってきて、刀や杖で打ちかかってくるだろうが、耐えなければいけない。法華経を説くと必ず迫害を受けると法華経に予言され、まさに日蓮の生涯は予言のとおりに推移している。それは日蓮が法華経の行者であり、如来の使いであるとの証明であるわけで、だからこそ法華経第五の巻で顔を殴られるのは嬉しいことなのだ。

日蓮はまったく抵抗をしないまま捕えられ、庵は破壊しつくされた。幕府の評定《ひょうじょう》は日蓮を佐渡流罪と決定したが、それは表向きのことで、ひそかに龍口《たつのくち》で斬るべしということであった。日蓮は馬にのせられて鎌倉市中を引きまわされる。

知らせを聞いた信徒の四条金吾頼基は、兄弟四人で取るものも取りあえず裸足で駆けつける。鶴岡八幡宮から由比ヶ浜にでて、極楽寺切通《きりどおし》に向かっているところで、金吾は追いつき、日蓮の乗っている馬の首にとりついていった。

「これはこれは日蓮さま。なにゆえにこの罪科《つみとが》でございますか」

金吾たちは嘆き悲しむのだが、日蓮は落ち着き払っていう。

「今夜首を斬られてみまかります。この数年、このことばかり願ってきました。この娑婆世界に生まれて、雉子《きじ》となれば鷹《たか》につかまれ、鼠《ねずみ》となれば猫に食べられます。妻や子が敵《かたき》に身を失うことは、大地の微塵よりも多いのです。ですが法華経のために身を失ったことは一度もありません。日蓮は貧しい身と生まれて父母への孝養の心が足らず、国の恩に報いる力がありません。今度この首を法華経に捧げ、その功徳を父母のほうにまわしましょう」

これから死ぬというのに、日蓮には恐れる心はまったくない。それも法華経を説いて招いた迫害だからである。日蓮は堂堂としているのに金吾は悲しくて馬の首にすがって離れようとはしない。殺されていこうとしている日蓮が、生きて残される金吾を励まし慰めるのである。

「どのような世になっても、あなたのことは忘れません。あなたと日蓮は離れることはありませんよ。あなたが地獄にいくなら、釈迦仏がいくら仏になれとおっしゃっても、日蓮は地獄にまいります。釈迦仏も法華経もきっと地獄にあることでしょう」

四条金吾は日蓮がもし首を斬られたら、自分も腹を切って死のうと決めていた。七里ヶ浜の波音を聞きながら、一行は龍口にきた。龍口は刑場で、たくさんの兵士がいた。平頼綱は日蓮に馬から降りて敷革の上に座るようにと命じた。

「ここでお別れです」

四条金吾は自分も切腹を決意して悲しそうに言葉をかけると、日蓮の強い声が返ってきた。

「何を申されますか。これほどの悦《よろこ》びを笑って迎えるのです」

こうして日蓮は合掌し、法華経観世音普門品第二十五を読誦した。そこには日蓮が置かれたとまったく同じ光景があった。

「或いは怨賊《おんぞく》の遶《かこ》みて、各《おのおの》刀《つるぎ》を執《と》りて害を加うるに値《あ》わんに、彼の観音の力を念《ねん》ぜば、咸《ことごと》く即《ただ》ちに慈《いつくしみ》の心を起さん。或《ある》いは王難《おうなん》の苦《くるしみ》に遭い、刑《つみ》せらるるに臨《のぞ》みて寿終《いのちおわ》らんと欲せんに、彼の観音の力を念ぜば、刀《つるぎ》は尋《にわか》に段段《だんだん》に壊《お》れなん」

敵に取り囲まれ、それぞれが刀を持って害を加えようとしていても、観音力《かんのんりき》を念じれば、敵はみな慈しみの心をおこすであろう。今まさに処刑され命が終ろうとしていても、観音力を念じれば、斬ろうとする刀はたちまちばらばらに砕けよう。

うしろに立った武士が刀を振り上げ、日蓮の首が斬られようとする刹那、江の島の東南の海上遥かに満月のような光が現われた。まわりの人の目はくらみ、振り上げた刀は三つに砕け、処刑どころではなくなってしまったという。

こうして日蓮は佐渡に流されることになったのだが、自分のことよりも迫害を受けた弟子や信徒のことに心を砕いている。鎌倉から追放された弟子や信徒は二百六十余人、土牢に幽閉された門下は五人である。日蓮も依智《えち》にとどめられていたが、そこから土牢の五人に手紙を書いた。

「今夜のかん（寒）ずるにつけて、いよいよ我が身より心くるしさ申すばかりなし。ろう（牢）をいでさせ給いなば、明年のはる、かならずきたり給え。みみへ（見《まみ》え）まいらすべし」（「五人土籠御書」）

今夜の寒さにつけて、いよいよ自分の身よりも五人のことを思うと心が苦しいばかりです。牢をでることができたのなら、明年の春にでも必ず佐渡にきてください。必ずお会いいたしましょう。

いつものことながら、苦しいことに遭った時、自分のことよりもまわりの人のことを心配する。細やかな情愛で弟子の信徒を包む。これから冬になる雪深い佐渡にいかなければならない自分が、最も苦しいはずなのである。日蓮のこの心くばりに、多くの人が涙し、生涯をこの人についていこうと心の底で強く決意したはずである。

2008.2

『歎異抄』に想う――『俘虜記』の前文より

私がはじめて親鸞『歎異抄』の言葉に接したのは、大岡昇平の小説『俘虜記《ふりょき》』の前文であった。

わがこころのよくてころさぬにはあらず　　歎異抄

この時、私は大学生であった。『歎異抄』についての知識はまったくなかったが、ここにのせられた一行の言葉の深さがいつまでも私の胸に残った。

『俘虜記』は「私は昭和二十年一月二十五日ミンドロ島南方山中において米軍の俘虜となった。」と書きはじめられる。敗走する大岡昇平は、くさむらの中に潜んで腹這いになっている時に、一人の二十歳ぐらいの背の高い米兵を見かける。深くかぶった鉄かぶとの下の頬が赤く、銃を斜め前方に支えて、大股でゆっくりと登山者のように近づいてきた。大岡昇平はその不用心さにあきれた。狙撃をすれば簡単に殺せる状態である。ここで氏は「殺さず」という絶対的要請にぶつかる。宗教的な境地にはいっていくのだ。射たなかったことは人類愛によってではないという。その広さからくらべれば自分の精神は狭すぎる。後になって氏はこの時の心理状態を様々に解釈する。その一光景として、このように書く。

「私が今ここで一人の米兵を射つか射たないかは、僚友の運命にも私自身の運命にも何の改変も加えはしない。ただ私に射たれた米兵の運命を変えるだけである。私は生涯の最後の時を人間の血で汚したくないと思った。

米兵が現われる。我々は互に銃を擬して立つ。彼は遂に私がいつまでも射たないのに痺れを切らして射つ。私は倒れる。彼はこの不思議な日本人の傍に駈け寄る。この状況は実にあり得べからざるものであるが、その時私の想像に浮んだままに記しておく。私のこの最後の道徳的決意も人に知られたいという望みを隠していた。」

氏は因縁によって縛られている。くさむらに腹這いになって、狙撃手としてはかっこうの場所を得ているのである。氏が射てば一人を殺せるかもしれないにせよ、まわりには敵が多数いるため、たちまち報復の銃弾が飛んでくるであろう。

かつて氏は自分の生命がその手にある以上、その人を殺す権利があると思っていて、戦場ではその暴力を容赦なく使うつもりであったという。「殺されるよりは殺す」という絶対優位さを放棄させたのは、自分がこれ以上生きていくという希望はまったく持っていなかったからだ。「殺されるよりは」という前提は、生きる希望がないところには成立しない。

「人に知られたいという望み」ということは、どういうことだろうか。くさむらの中に人に知られないように潜んでいるのは、そこからどこにもいくことができない以上絶望的な状況であり、射殺されてもよいからその場所から逃れたいと願ったのであろうか。

その時の心理を氏は克明にたどり、その思考の行方が『俘虜記』である。結局氏は自殺に失敗し、右腕をとられ、銃口を向けられて俘虜となった。

銃口の先に敵の米兵をとらえた絶対有利な状況から、刻々と変化し、氏は極度に喉の乾いた惨めな俘虜となるのである。ここには日本兵である自分の本質というのはなくて、戦争で兵士としてそこに連れてこられたという因と、激しく移ろう戦況という縁と、その結果であるその時その時の果である自分がいるだけである。

『俘虜記』は戦後文学の傑作であるが、その作品のはじめに大岡昇平は『歎異抄』の言葉をあげた。つまり、戦後文学はこの『歎異抄』から出発したといっていえなくない。引用されたこの言葉は耳に心地よく響くのであるが、味わえば味わうほど一筋縄ではいかなくなり、難解になる。

「本願ぼこり」といって本願につけあがる人がいる。善につけあがり、また悪につけあがる人もいる。その人たちは浄土へはいくことができないか。つまり、救われないのか。


よきこゝろのをこるも、宿善《しゅくぜん》のもよほすゆへなり。悪事のおもはれせらるゝも、悪業《あくごう》のはからふゆへなり善悪とは宿業《しゅくごう》から起こる。善に誇らず、悪にひがまないのがよい生き方だ。善悪とは人間の意思によって生まれたのではなく、人にはどうにもならない宿業からくるものであるから、如来の悲願に帰すしかない。戦場に送られて敗走し、敵兵を銃口の先にとらえたことも、宿業である。これを射つか射たないかで氏の運命は大きく変わるのではあるが、それは氏の意思が決めるのではなく、宿業が決定するのだ。人間はそれほど頼りない存在なのだという認識が、根底にある。

すべては宿業によって決定されるのだから、何もしなくてよいというのではない。何もしないのも宿業なのだから、どうあがいてみたところで宿業から逃れることはできない。私たちには煩悩悪業が根深くあって、いくら修行したところでそれを断つことはできない。私たちは煩悩具足の身なのである。煩悩悪業を断つには、仏の家に身を投げ入れるしかない。『歎異抄』は人間を本来より煩悩具足の身と認識するところから、出発しようとするのである。

ある時親鸞は弟子の唯円に向かって、自分のいうことを信じるかと問う。もちろんですと答えると、自分のいうとおりにするかという。唯円がそのとおりにすると答え、親鸞は説きはじめる。

五木寛之氏の『私訳歎異抄』は、難解な親鸞の鎌倉時代の言葉を、まろやかで平易な言葉に移しかえている。師と弟子とはこのように語り合ったのだろう。

「よろしい。ではまず、人を千人殺してみよ、そうすれば浄土《じょうど》への往生《おうじょう》はまちがいない。もしわたしがそんなふうに言ったらどうする」

もちろん唯円は千人はおろか一人も殺せないという。その後の親鸞の言葉が、『俘虜記』に引用された部分である。

「これでわかったであろう。もしなにごとも自分の意志によって事が成るとしたら、浄土へ行くために千人を殺せと言われれば、ほんとうに千人を殺すかもしれないではないか。それができないというのは、べつにそなたの心が善《よ》いからではないのだよ。

それは自分の意志によって、殺すことができぬのではない。なんらかの状況においては、人は苦もなく百人、千人を殺すこともありうるのだ。

このように、自分の心が善《ぜん》であれば往生《おうじょう》にも良く、悪《あく》であれば往生の妨《さまた》げになるなどと自分で判断してはならない。自分の意志のみによって善となっているのではなく、悪をなすも、悪の意志によってなされるものではない。阿弥陀仏《あみだぶつ》はそれを前提として、善悪かわりなく救《すく》うと約束されたのである。そのことを忘れないように」

『俘虜記』の大岡昇平は、善でもなく悪でもない。もし若い米兵を射ったのなら、その兵士の両親にとっては悪人となる。しかも、射ったところで、大岡昇平自身は善悪については何も変わらないであろう。善悪はその因果が決定する。善悪の中身はないということなのだ。生存の限界までいった大岡昇平だからこそ、親鸞の恐ろしい言葉を自作の前文に引用できたのだ。深淵の縁で響きあっている言葉である。

2007.12

「私」を捨てた「私訳」——五木寛之『私訳歎異抄』

『歎異抄』の中で私が好きな場面がある。弟子の唯円が、師の親鸞に念仏をしていても心からの喜びが湧いてこない、自分は信心が足りないのだろうと告白をする。その部分が五木寛之氏の「私訳」ではこのように現代語化される。

「お恥《は》ずかしいことですが、じつは念仏《ねんぶつ》しておりましても、心が躍《おど》りあがるような嬉《うれ》しさをおぼえないときがございます。また一日でもはやく浄土《じょうど》へ行きたいという切《せつ》なる気持ちになれなかったりいたします。これはいったいどういうわけでございましょう」

こうして引用していると、これなら万人の言葉であり、私自身がこういってもなんの不思議もないのだと思えてくる。凡夫の言葉であり、誰でもいいそうなことではあるが、実際にはめったにない得難い問いである。何故なら、人はここまで率直になることが難しいからだ。まして長いこと親鸞のそばにあって修行してきた弟子なら、矜持《きょうじ》もあるだろうし、なおさらのことである。

私は思いだす。もう何年も前、子供が大人に本質的な質問をしたことがある。

「人はどうして人を殺してはいけないのですか」

大人は誰一人この問いにまともに答えることができなかった。あまりにも当たり前だという先入観があって、思考はそこで止まっていたからである。

親鸞ならどう答えたろうか。唯円の問いは、物事の本質を柔らかくついている。疑いのない信仰心はそんなに簡単に養うことはできないのである。唯円の問いは、日常的な風を装っていながら、魂の深みから発せられた叫びなのだ。五木さんの叫びであり、私たち多くの人の叫びといってもよいのだ。

「そうか。唯円《ゆいえん》、そなたもそうであったか。この親鸞《しんらん》もおなじことを感じて、ふしぎに思うことがあったのだよ。

しかし、こうは考えられないだろうか。それをとなえると、天にものぼるような喜びをおぼえ、躍《おど》りあがって感激する念仏《ねんぶつ》であるはずなのに、それほど嬉《うれ》しくも歓《よろこ》びでもないということは、それこそ浄土《じょうど》への往生《おうじょう》まちがいなしという証拠《しょうこ》ではあるまいか。よいか。喜ぶべきところを喜べないのは、この身の煩悩《ぼんのう》のなせるわざである。わたしたちは常に現世への欲望や執着《しゅうちゃく》にとりつかれた哀れな存在であり、それを煩悩具足《ぼんのうぐそく》の凡夫という。阿弥陀仏《あみだぶつ》は、そのことをよく知っておられて、そのような凡夫こそまず救《すく》おうと願をたてられたのだ。そう思えば、いま煩悩のとりこになっているわたしたちこそ大きな慈悲《じひ》の光につつまれているのだと感じられて、ますますたのもしい気持ちになってくるではないか。」

流れるような文章に、もっともっと引用したいという誘惑にかられる。この平易さは、またなんとしたことであろうか。平易なのだが意味は深く、意味をとろうとして何度も読み返すことになる。読み返すごとに、ほんの少しずつだが自分が深化していくような気分があって嬉しいものだ。

仏教に関する書物は、時に難解である。読誦《どくしょう》する経典はインドから伝わったものが、中国で漢訳されたものを日本ではそのまま音読しているので、そもそも聞いただけでは意味はわからない。しかも漢語には独特の美しさがあり、それに酔ったりもする。

経典はわからないからありがたいというものではない。修練して聞く人に心地よく読誦する僧侶だけのためというものでもない。万人に開かれ、すべての人にその意味が伝わるものでなければならない。

親鸞の語ったことを弟子の唯円が書き残したとされる『歎異抄』は、この書物の持つ深淵はともかく、もともと平易な文章で書かれたはずなのである。難解に感じられるのは、言葉の上からだけいうなら、鎌倉時代の文語体だからである。それならば今の時代のすべての人が理解できるよう、現代語訳をする必要がある。

「『私訳・歎異抄』とは、私はこう感じ、このように理解し、こう考えた、という主観的な現代語訳である。そんな読み方自体が、この本の著者、唯円《ゆいえん》が歎く親鸞《しんらん》思想からの逸脱《いつだつ》かもしれない。そのことを十分、承知の上で、あえて『私』にこだわったのだ。」

五木氏は「まえがき」でこのように書くのだが、すぐれた思想書には人生を懸けて向き合わないわけにはいかず、「私」が出るのは当然のことである。「私」を消したような態度は、学問の世界では成立し得るかもしれないが、生身の生活者の上には空疎というものだ。五木氏のこの志向は、親鸞と唯円への思慕がむしろ感じられる。このように謙虚にしか、親鸞には向き合えない。「私訳」ではあるが、限りなく自己を消した上での「私訳」である。つまり、『歎異抄』を現代文に訳そうとすれば、「異ることを歎く」という意味のとおり、唯円が恐れていたことが必然的に派生する。そのことを呑んだ上での、「私訳」なのである。

五木氏には覚悟の書であると私は感じる。隅から隅まで平易な言葉に置き換えていくのは、もちろん親鸞がそのように語り、唯円がそのように記述したからだが、私たちの前では五木氏がそのように訳したからだ。

ここまで書いてきて、私は前に引用したその先のことが気になる。煩悩のせいで私たちには浄土を慕う心がおきないのだと、親鸞は説く。どのように思おうと、私たちは必ず死に、そして必ず浄土に迎えられる。


「はやく浄土へ往生したいと切《せつ》に願わず、この世に執着《しゅうちゃく》する情《なさ》けないわれらだからこそ、阿《あ》弥陀仏《みだぶつ》はことに熱い思いをかけてくださるのだ。

そう考えてみると、ますます仏の慈悲《じひ》の心がたのもしく感じられ、わたしたち凡夫の往《おう》生《じょう》はまちがいないと、つよく信じられてくるのだ。」


念仏するたび喜びが湧き上がってきて、一刻も早く浄土にいきたいと願うのは、凡夫としての煩悩が足りず、浄土へ救われるのが後まわしになる。それは困ったことなのである。逆説でいっているのではない。レトリックなど、最も遠いものである。

易しく語ることのほうが困難なのだが、「私」を捨てるような形で何処までも平易に語る。それが五木氏の「私訳」なのである。

同事ということ

宮崎奕保禅師《みやざきえきほ》御遷化《ごせんげ》の報に接した時、瞬間的に「えっ、あの人に死があるのか」と私は思った。奇妙なことをいっているのはわかっている。死なないなど、お釈迦さまが説かれた根本認識の諸行無常に反することである。しかし、百歳を超えてなお、午前三時半に起きては若い雲水たちと坐禅修行をなさる峻烈なお姿に、本当の修行者の姿を見せていただいた。この人は仏として永遠に修行をつづけるのではないかとさえ思えたのだ。

昼間は時間のあるかぎり写経をされているということだ。永平寺貫首としての多忙な日々を過ごされながら、根本的な仏道修行を忘れない。マスコミなどに取り上げられる永平寺は、若い雲水が今時の若者とは隔絶されたところで、鎌倉時代さながらの古風な修行をしている光景が多い。それはそれで得難く美しいことである。

しかし、永平寺の本当のよさは、もちろん若者たちがひとかどの禅僧になるための登竜門という要素はあるにせよ、修行を積んできた老僧たちが、なおの精進を求めて日々の修行をつづけているということだ。その象徴というべき人物が、宮崎奕保禅師である。

「百尺の竿頭《かんとう》に更に一歩を進むべし」

2008.3

道元禅師『正法眼蔵随聞記《しょうぼうげんぞうずいもんき》』の一節を私は思い浮かべる。修行の結果たどり着く絶対境、さとりの境地の百尺の竿頭にすでにあるのに、そこからどんなにわずかにでも進もうとする。多くの人は恐ろしいと思ってなお竿の先にしがみついてしまうのだが、竿を強く握りしめれば一歩も動けなくなる。百歳を超えて修行をつづけるのは、百尺の竿頭のそのまた先にいこうとすることだ。竿頭の先には何もなく、仏の家に身を投げよということである。しかし、身を投げようにも、竿頭にいかなければならない。凡人にはいってもいってもたどり着かない境地であろう。

そのような宮崎禅師を誰もが尊敬していたし、尊敬のあまり神格化したいような気持ちになった。もしかするとこの人は死なないのではないかとさえ思ったりもした。

お釈迦さまは二千五百年前に八十歳で亡くなられた。もちろん医療の発達した現代ではあるが、宮崎禅師が百六歳まで生きられたことは、お釈迦さまと同じような長寿命ということだったのだ。

時に神格化されてきたお釈迦さまは、本来は無限の命を持っていて、もし生きようと思ったらその肉体とともに永遠に生きられたのだと信じる人もいる。それでも人の寿命でも可能な八十歳で死んだのは、同事《どうじ》を生きたのだとも考えられる。壊れやすい肉と骨でできた人が生きて死ぬモデルとして、誰でもこの世をこう生きてこう死ぬのだと、人生の理想の姿を示してくださったのだ。これを同事という。

宇井伯壽《ういはくじゅ》監修『佛教辭典《じてん》』（大東出版社）には、同事はこのように書かれている。

「佛・菩薩が衆生の根性に随ひ、此と事を同じくして自然に之を教化すること」

また「同事」は「四摂法《ししょうぼう》」の一つで、人が守るべき四つの大切なことの一つであるから、これを同じ辞書で引いてみる。

「形を変じて衆生に近づき衆生と事業を同じうして摂招する同事摂」

つまり、本来は仏・菩薩なのであるが、衆生と同じ姿になって衆生と同じ生き方と死に方をし、そのことによって人を救う。お釈迦さまの生き方は、多くの人のモデルとなって、ほぼ永遠に教えをつないでいく。

百六歳の長寿の果てに御遷化された宮崎奕保禅師は、お釈迦さまのように同事を生きたのだと考えたくなる。現に同じこの世に生きて存在し、何度も言葉を交わしたことのある私は、特に神格化しようという気持ちもないのだが、訃報を聞いて咄嗟に、「えっ、あの人に死があるのか」と思ったのは、この同事を考えたからであった。

同事をもっとひらたくいうなら、「他人と協力すること」「自分だけ特別と思わないこと」「人は皆同じ」というような意味がある。お釈迦さまも、また宮崎奕保禅師も、人は誰でも諸行無常を生き、そして死ぬのだということを教えてくださったのである。私自身はその同事を改めて気づかされたのだといってもよい。

宮崎禅師の御遷化は衝撃的で悲しいのだが、私たちは無常と闘うことはできない。無常は受け入れるものである。何故なら、それは真理だからだ。

同事ということで、私の脳裏にはいろいろなことが思い浮かんでくる。宮崎禅師はある時私にこのように語ってくださったことがある。

「禅師などと祀り上げられているが、わしはなんにも偉くない。ただ師匠の真似をしてきただけだ。朝起きてから寝るまで、坐禅、読経、威儀、食事、洗面、草むしり、掃除、蒲団の畳み方、スリッパの揃え方、人との話し方、すべて師匠の真似をしてきただけじゃ。一日真似をすれば一日の真似、一年真似すれば一年の真似、一生真似をしてやっとほんまもんになる」

禅師の言葉を思い出して筆記してみて、これは同事のことをお話しになっていたのだと今頃になって気づいた。ありのままでいてそのまま同事になることもあるが、努力して努力して時には背伸びをし、一生かけなければならない同事もある。すぐれた師と出会うことは、よりよくこの同事を生きることなのである。

道元禅師『正法眼蔵』のうち「嗣書《ししょ》」の巻に、同事を生きることの真髄が語られている。この文章を書いていて、嗣法《しほう》も同事なのだと今さらに私は気づいたのである。「仏仏かならず仏に嗣法し、祖祖かならず祖祖に嗣法する、これ証契《しょうかい》なり、これ単伝《たんでん》なり。このゆえに、無上菩提なり」

この最後にある「このゆえに、無上菩提なり」の意味が、ようやく私にもわかってきた。諸仏は必ず諸仏に仏法を嗣《つ》ぎ、諸祖は必ず諸祖に仏法を嗣ぐ。これこそ同事ではないか。師のさとりと弟子のさとりは一切何も違ったところはなく、これが一人の師から一人の弟子に仏法を伝えることなのだ。仏法はお釈迦さまよりこのように伝わってきた。師のさとりがそのまま弟子のさとりということは、弟子はお釈迦さまのさとりをそのまま受け継いで、つまりお釈迦さまの真似をしてきたということになる。

師はこれまで修行しこれまで認識してきたことが、器になみなみと盛られた水のように存在するとする。弟子が法を嗣ぐとは、師の器いっぱいの水を弟子の器に移すことである。しかも仏法の嗣法とは、師の器の水が一滴も減るわけではないということだ。

宮崎禅師は私に向かって、この時はテレビのインタビューであったから同時に幾万幾十万の衆生に向かって、「真似をしてきた」とまことに平易な言葉で同事ということを語ってくださったのだ。同事の前では、なるほど偉いも偉くないもない。みんな同じだ。同じだからこそ、真似という行為も成立する。そして、次の世では弟子は師に、師は弟子になる。

私たちはいろいろなことを親から学び、先生から学んできた。つまり、真似をしてきたのだ。学び足りないと、後で不足が生じてきてしまうのである。

宮崎禅師はその師の真似をし、つまり同事を生き、師はそのまた師の真似をする。そのようにたどっていくと、やがては道元禅師に至る。道元禅師は師如浄《にょじょう》禅師の真似をし、如浄禅師は道元禅師に同事を認めて嗣法した。真似と真似とをさかのぼっていくと、初祖達磨《だるま》大師のところまでいく。その先もなお進むと、お釈迦さまのところにたどり着く。お釈迦さまの器の水を一滴も余さずそっくり受け継ぐのが、もちろん仏教徒の究極の理想である。そのためにはお釈迦さまの真似をやってやってやりぬくしかない。それがお釈迦さまの瞑想から成道《じょうどう》へと至る姿、坐禅なのである。

宮崎禅師のことを考え、同事という言葉にゆき当たった。

宮崎奕保禅師との御縁

2008 春

はじめて宮崎奕保《えきほ》禅師とお目にかかったのは、永平寺の機関誌『傘松』に私の小説「道元禅師」の連載が決まった直後であった。当時の『傘松』編集長・熊谷忠興老師には、道元禅師を描いた文芸作品がなくて、それをつくるのが宗門の悲願なのだといわれた。そのほぼ五年後に、「道元禅師七五〇回大遠忌」がひかえていて、できればその時までに完成し出版してほしいということだった。文芸作品として誰も書き通していない道元禅師に本気で取り組めば、小説家の勘でいうのだが、満足する完成まで十年かかる。そのことを私は忠興老師に申し上げた。

「そんなもの、やればいいじゃないか」

これが忠興老師の答えである。それから私は十年後の小説の完成をめざして、毎月二十枚とぼとぼと書きつづけていくことになった。道元禅師という人物のことがわかっているわけではなくて、勉強しながら書いていこうというのが私の腹づもりであった。

そのような時に、宮崎奕保禅師と対談しないかという話が湧き上がってきた。テーマは道元禅師である。私はこれからこつこつ勉強しながら書いていこうとしているのに、いきなり曹洞宗の貫首と言葉を交わすには、私はあまりに未熟ではないのか。

まわりからの話はだんだん大きくなり、対談が鼎談になって、中村元先生が加わることとなったのだ。今から約十年以上前のことであるから、宮崎禅師は九十何歳、中村先生は八十何歳、私にいたってはまだ四十歳代であった。その対談は『傘松』と『曹洞禅グラフ』にのせ、なおかつビデオに撮影してパッケージにするということになった。私にはあまりに荷が重い。なにしろ私は道元禅師のことをやっと本気で考えはじめたばかりだったのだ。

対談場所は東京目白の椿山荘ということになり、私は覚悟を決めていってみると、曹洞宗のお坊さんたちの姿がたくさんあった。まず私は宮崎奕保禅師に挨拶をし、つづいて中村先生に挨拶をする。その時は宮崎禅師はあまりに遠い人であったが、中村元先生には著作をたくさん読んで親しみというより尊敬の念を持っていた。なにしろ私は中村先生が翻訳された『ブッダのことば――スッタニパータ』の文庫本一冊を持ってインド放浪をしたのである。この日、私は中村先生にお会いできることがわかっていたので、サインをいただこうと放浪中読みつづけた『ブッダのことば』その本を持っていったのだった。インド旅行の旅費を稼ぐために働いていた病院のレントゲンフィルムを入れる黒いビニール袋を、本のカバーにしていた。

鼎談の前に宮崎禅師と中村先生と私がラウンジの席についた。宮崎禅師は前に坐ると峻厳なる山のような存在感のある人だ。私は勇気を振り絞ってサインを求めると、中村先生は微笑とともにこう書いてくださった。

「拝眉の折に　　中村元」

黒いレントゲンフィルムの袋をカバーにした『ブッダのことば』は、私にはなおいっそうの宝物になったのである。

宮崎禅師はこんな時にもまわりの人に気遣ってくださる人で、中村先生と私のために肋膜炎を手術もせず坐禅で直したという話をされた。医者にはじっと寝ていろと指示されていたが、看護師の見回りがすむとすぐに坐禅をしたといって笑わせた。峻厳な修行者の宮崎禅師は、まわりへの気配りを忘れない優しい人なのである。

鼎談は、私には冷汗とともに終った。宮崎禅師も中村先生も限りなくやさしい人たちで、おかけで私は最後までその場に坐っていることができたのだ。

その後、宮崎禅師とは何度もお会いする機会があり、何度もこうおっしゃられた。

「立松っつぁん、道元禅師の小説をよろしくお願いしますよ」

執筆九年で、どうやら「道元禅師」は完成した。途中、宮崎禅師の何度にもわたる励ましの言葉により、書き継いでいくことができたのだ。私の立場からすれば、宮崎禅師との約束をなんとか果たすことができたということなのである。

2008.1

宮崎奕保禅師の言葉

宮崎奕保《えきほ》禅師の生活と意見ともいうべきことをNHKが番組に制作することになり、そのインタビュアーとして選ばれたのは私にとって幸福であった。

私にきた依頼は、禅師にいろいろな話をお聞きしてくださいということだ。テレビ局がそれを後でうまく編集するということである。当然私自身の勉強にもなるので、まことにありがたい仕事であった。

映像としては冬の永平寺がよいということで、二〇〇四年年明けの指定された日に私は永平寺に行った。しかし暖冬で、永平寺にはまったく雪がなかった。数え百四歳になられていた禅師はすこぶるお元気だったが、年齢のこともあるのでお疲れにならない程度にと、侍局《じきょく》の方には時間を厳しく制限された。

これまで私は禅師と何度もお話ししたことがあり、この番組のためには今後も何度か機会があるということで、カメラは回っていたのだが特にテーマを決めず自由にインタビューをさせていただいた。私には序曲というほどのものだった。

その後、禅師は歯を悪くされたということで、札幌の中央寺にお帰りになった。すぐ永平寺にこられるのかと思っていたのだが、寒さも厳しくなって、越前までなかなかお出ましにならなかった。

そのうちテレビの放映日が迫り、追いつめられてきた。禅師はようやく永平寺に戻られ、テレビ局のほうできっと我が儘をいったのだと思うが、一時間だけならインタビューに応じてもらえることになった。私は取るものも取りあえず永平寺に向かったのである。冬に間にあわせたつもりだったが、永平寺にはまたしても雪はなかった。

あれも聞きたいこれも聞きたいと私は願っていたのだが、テレビのほうの要請もある。質問は重点的なことだけに制限された。一つは「坐禅について」、もう一つは「自然について」である。坐禅についてならいくらでもお話はできるだろうが、抽象化されてしまった自然という概念をどう語ったらよいのだろう。

「自然とはなんですか」

つまりこのように問われて、明快な答えを出せる人がいるだろうかということだ。何年か前に、子供が大人に「どうして人が人を殺してはいけないんですか」という問いを放った。それに答えられる大人は誰もいなかった。「自然とはなんですか」という問いは、あまりにも直接的で、私が問われたらどう答えてよいかわからない。

私は前もっての打ち合わせもなしに、恐る恐る問うた。すると禅師は逡巡もなくたちまち見事に答えてくださった。言葉は正確に復元できないにせよ、こんな感じであった。

「わしは何年もにわたって毎日日記をつけておる。何があった誰がきたということのほかに、何の花が咲いたとか、どんな鳥が啼いたとか、雪が降ったとか溶けたとか、自然の中の小さな出来事を気づくたびに書いている。何年か後にまとめて見ると、花が咲くのも、鳥が啼くのも、雪が降るのも溶けるのも、大体同じ時機じゃ。誰が仕組んだわけでもないのに、自ずからそうなる。それが自然じゃ」

人間が自分の都合でどのように願っても、そのとおりになるわけではない。誰がどうするわけでもないのに、自ずからそうなってしまう。少しぐらい異変があろうと、全体ではいつものように調和する。それが自然だといわれれば、よく理解できるのである。

難しい言葉、相手をくらませる言葉、自分を立派なものに見せる衒《てら》いの言葉などが、一言でもあるわけではない。しかし、自然の摂理というものをこれほど明快に語った言葉を私は他に知らない。

禅師は永平寺内で修行僧などに説法する時には、もちろん難解な禅語を駆使して厳格に説法される。一方私のような俗人に語りかける時には、まことに平易だが含蓄のある言葉を使われる。融通無碍で、恐い師匠と同じ眼差しのまま、子供と屈託なく遊ぶ良寛さんのような存在にもなれる。それこそが禅の究極の境地であろうと、私は思うのである。

中村元先生の寛容

1999

先日鬼籍にはいられた中村元先生は、私が最も尊敬する現代の仏教者である。その中村先生が晩年しきりに説いておられたのは、寛容ということだ。世界的な視野を持つ中村先生らしく異文化に対する寛容ということだが、そもそもの発想が仏教の世界観にもとづいている。キリスト教やイスラム教などと違って他宗教に対して戦争を仕掛けてこなかったのは、仏教だけである。仏教の根幹は慈悲ということで、それはつまり寛容である。世界は因果律でできているのだから、そもそも他者を受容しなければ因果は働かない。

相手を暴力によって殺戮する戦争、相手を生きたまま支配する経済戦争など、二十世紀は闘争に明け暮れた。そして、この闘争はやむどころか、いよいよ苛烈になって来世紀に持ち越されそうである。中村元先生が晩年しきりに寛容を説いておられたのは、現実に寛容の精神が弱まったからである。

相手を殲滅し、完全に支配下におけば、闘争はそこで終結するのだろうか。そうではない。因の種をまいただけで、縁起によっていつかは果がでてくるのだと、因果応報は釈尊の教えの根本である。闘争は新たな闘争を生むだけではないか、それは人類の長い歴史が証明しているのではないかと、比較文明学の権威でもある中村元先生の嘆きの声が聞こえてきそうである。闘争の際限もない輪廻の小車《おぐるま》から解き放たれるにはどうしたらよいか。その方法は仏教が明確に説いているではないか。原始仏典「法句経（ダンマパダ）」は説く。

「不可怨以怨　終以得休息　行忍得息怨　此名如来法（怨《うら》みは怨みをもってついにやすけさを得《う》べからず。忍《にん》を行《ぎょう》じて怨みを息《や》むことを得《う》。これを如来の法と名づく）」

漢訳とその読み下しの経典を、中村元先生は明解にパーリー語から訳す。

「実にこの世においては、怨みに報いるに怨みを以ってしたならば、ついに怨みの息《や》むことがない。怨みを捨ててこそ息む。これは永遠の真理である」

目には目をの合理主義者からは、身を捨てるようなこの寛容の精神は、奇抜とさえ写るだろうか。怨みに怨みをぶつけていけば、なお怨みが大きく強くなるばかりで、輪廻の小車からの出口は永遠に見つからないだろう。それどころか、怨みのエネルギーが強くなっていけば、最後は殺し合いしかない。そうなれば両者が無傷というわけにもいかず、どちらも滅びていくということになる。因果律はそのように働くのである。そして、世界は実際そのように動いている。

これからは仏教の時代であると、私は確信している。

中村元先生のことば

2005.9

　中村元先生の諸著作を読みつづけてきて、大きな影響を受けてきた私は、勝手に中村先生の弟子だと思っている。その中村先生とは生涯にたった一度だが、お目にかかったことがある。

　それは私にとっては大変な場面であった。道元禅師についての鼎談のために目白の椿山荘に呼ばれたのだが、その鼎談の相手というのが、永平寺の宮崎奕保《えきほ》禅師、中村元先生だったのだ。宮崎禅師は百歳にならんとする九十歳代、中村先生は八十歳代、私は四十歳代であった。道元禅師の勉強をはじめてまだ日も浅く、若輩にどんな言葉がこの偉大な先達たちの前にあるのかと、正直のところ後退りしたいような気持ちであった。

　はじめてお目にかかる宮崎禅師も中村先生も清澄なお顔でにこにこしておられた。その日の鼎談は雑誌二誌のためと、ビデオパッケージをつくるためである。禅師の永平寺侍局の方や、編集スタッフや、撮影スタッフで、椿山荘はごったがえしていた。私はラウンジのソファに、禅師と中村先生とともに坐ってコーヒーを飲んだ。禅師は坐禅によって肋膜炎を治したという話を雑談でされ、具体的に坐禅の効用を説かれた。

　私は中村先生とお会いしたら、ぜひともしたいことがあったのだ。それは文庫本の『ブッダのことば――スッタニパータ』に、中村先生のサインをもらいたいということだった。まったくミーハーである。

「すみません。ちょっとサインをいただきたいのですが」

私としてもこんなことをいったのは、後にも先にもこの時ばかりである。中村先生は静かに笑ってペンを動かしてくださった。「拝眉の折に」として、中村先生は私の名を為書にして署名をいれてくださったのである。これから坐談をしようとする相手に、我ながらしようもないことだとは思う。

以来、その文庫本は私の宝物となったのである。どこでも買える文庫本だとはいっても、そもそもが宝物といってもよかった。レントゲンのフィルムがはいっていた黒い紙をカバーに使い、私はこの本をずっと大切にしていた。カバーの黒い紙は、当時私がインドへの旅行資金を稼ぐために働いていた、虎の門病院のものであった。

あの頃の私は、深い迷いの中にいた。小説を書いて生きていたいと思いながら、作品の発表の機会もなく、書いてはいたものの日常的な生活に追われる日々を送っていた。そんな時でも恋愛をし、結婚をして、妻が妊娠をした。当然の流れなのにもかかわらず、私はうろたえてしまった。生活人として生きる覚悟などまったくなかったのである。

誰に相談しても、お前が働くしかないだろうといわれる。頭ではわかっているのだが、心のほうが納得しない。つまり、私は迷いに迷っていたのだ。その迷いの果てに、私はインドにいくことにした。迷いに迷い、結局私は逃げることにしたのである。目的もなくインドにいったところで、何かを得られるとはとても思えなかった。

当時はベトナム戦争が行われ、日本国内では学生運動がさかんであった。そんな風潮の中で、束縛を嫌って自由に生きようという、ヒッピー・ムーブメントが起こっていた。私のインド行きは、そんな流行現象にのったのにすぎないと今は思う。

私は病院で働いて旅行資金をため、足りない分は妻がお産の費用にでもと貯えておいた金をまわしてもらった。飛行機の切符は一応往復を買い、できるだけ少ない荷物を持っていく。全財産のリュックをいつも担いでいたから、バックパッカーとも呼ばれた。ザックの中の最大の荷は寝袋で、そのほかには着替えが少々はいっているばかりであった。

どうせ淋しい旅になるのに決まっているから、文庫本を一冊だけ持っていくことにした。一回読了してもう一度読む気が起こらないような本でも困る。少々難解で、何度読んでも読み返す気になる内容であり、しかしまったく歯が立たないというのでももて余す。そんな望みを持って本屋にいき、さんざん迷ったあげくに、よくわからなさそうだと選んだのだが、岩波文庫の『ブッダのことば――スッタニパータ』であった。中村元訳と表紙には書いてあった。それが中村元先生の薫陶を受けるはじめで、こんなにも深い影響下にはいるとはまったく思わなかった。その時は原始仏典だということで、迷っている私にとってはなにがしかの導きになればいいなという、根拠のない期待もあった。

インドの風土は私にはよく身になじんだ。私はインドで自由だった。どこにいってもよいのだが、金はそう潤沢にはない。その時なりに金は使わないようにする。一人でいることが多くて、自由とは淋しいことでもあった。そんな私には、深い理由もなくつかんでジーンズのポケットにいれてきた一冊の文庫本は、旅のよき友であったのだ。

夜も昼も揺られつつ荷物から離れるような油断のできない三等列車の窓辺で、寝汗に濡れ南京虫に喰われて目覚めた朝の安宿のベッドで、注文したカレーを待つ街のレストランのテーブルで、私は『ブッダのことば』を一行一行読んでいった。平易な言葉で書かれているのではあるが、考えれば考えるほど意味は深く、簡単に理解したなどとはとても思えない。私はよい本を持ってきたのである。そこには誰にでも中にはいっていける日本語が書かれていた。それはブッダの言葉ではあったが、同時に中村元先生の言葉でもあった。

三五　あらゆる生きものに対して暴力を加えることなく、あらゆる生きもののいずれをも悩《なや》ますことなく、また子を欲するなかれ。況《いわ》んや朋友《ほうゆう》をや。犀《さい》の角《つの》のようにただ独《ひと》り歩《あゆ》め。

三六　交《まじ》わりをしたならば愛情が生ずる。愛情にしたがってこの苦しみが起る。愛情から禍《わざわ》いの生ずることを観察して、犀の角のように独り歩め。

三八　子や妻に対する愛着《あいじゃく》は、たしかに枝の広く茂った心が互いに相絡《あいから》むようなものである。筍《たけのこ》が他のものにまつわりつくことのないように、犀の角ようにただ独り歩め。

私の迷いをそのままいい当てられているような気がした。ブッダは執着の元を断てといい、ブッダ自身がそうしたように妻や子を捨てろといっている。そのようなことが私にできるわけもない。それでもよく理解できたことが一つある。何もかもを得ようとしてはいけないということである。いろんなことをいっぱいにつかんでいる手から何かを捨てなければ、また新しいものはつかめないのだ。

ブッダが語っているのだが、やがて中村元先生の本をたくさん読むようになってから、中村元先生がそういっているのだと気づいた。この平易で意味の深い日本語は、もちろん中村元先生の文体なのである。ブッダの文体というのではもちろんないのである。

あれから三十五年ほどの歳月が流れたのだが、私は今も『ブッダのことば』を読みつづけている。いかに読んでも平易に理解できる本ではなく、読んでも読んでもいくらでも澄んだ泉水が湧き出してくるということである。私が最初にこの本を選んだ目論見は、見事に当たったといえる。

私が中村元先生の本を持ってはじめてインドにいってから、二十二年ほどたった頃、私は再びインドにいく機会を得た。ブッダの伝記を書くようにと出版社から依頼を受け、その連載の取材のためであった。だがちょうどその頃、小説を書くに際して使用した資料の使い方に問題があるとして、私は社会的に批難を受けたのだった。私は心に深いダメージを受け、インド行きはやめようと思った。だがまわりの人に励まされ、あの二十二、三歳の時のように限りない不安とともにインドにでかけた。私にとってインドは、迷いと再生の国であるはずであった。

雑誌に連載をはじめるにあたり、どうしても『ブッダのことば』をはじめ中村元先生の著作から引用をしなければならない。中村元先生を除いてブッダを語ることは、私にはとてもできない相談なのである。ちょうど中村元先生と会う用事があるという編集者に、そのことの了解を得てきてもらうことにした。間接的に聞いただけなのだが、返ってきた中村元先生の言葉は私にはブッダが語ると同じ慈悲の言葉だったのである。

「私の書いたものは、私一人のものではありません。どうぞ存分にお役に立ててください」

このような意味であった。これこそ愛語である。布施である。

その時に私が書いたのは、『ブッダその人へ』（佼成出版社）である。私は中村元先生に掌をあわせながら、毎月の原稿を書きつづけた。

そのような万感の思いがあって、私はインドに持っていった文庫本『ブッダのことば』に、中村元先生のサインをいただいたのである。その時はもちろん、そんな事情を中村先生に説明したわけではない。

2006.7

貧者の一燈の力

「貧者《ひんじゃ》の一燈《いっとう》」という言葉の語源を知りたくて、『広説佛教語大辞典』（中村元著、東京書籍）を引いた。このように書かれていた。

「貧しい生活の中から供養する一灯は、富んだ者の万灯にもまさった功徳があること。国王（AJātaśatru王）の献じた万灯は風に消えたり、油がつきてなくなったが、一老婆の献じた一灯は消えなかった、という説話が、『阿闍世王受決経』に出ている」

また同じ辞典で「貧女《ひんにょ》の一燈《いっとう》」を引くと、こう書かれている。

「貧しい女が仏にささげた一灯にははかり知れぬ功徳があるという話。貧者の一灯に同じ。形式的供養より、たとえわずかであっても心をこめて供養することがいかに尊いかを説く。〈『樵談治要』『賢愚経』〉」

この言葉が気になったのは、私たちが今の時代に対して何かできるとしたら、「貧者の一燈」しかないと思えたからだ。毎日を生活人として送っている私たちは、生きることにほとんどの力を使いつくしている。生活の中で、ゴミの分別収集に協力したり、太陽光発電をしたり、車を使わない生活はできないのでせめてアイドリング・ストップをしたりしている。それがどんな効果をもたらすかよく知らなくても、せめてできることとしてやっている。

一人一人の力はあまりにも小さい。しかし、多くが集まれば、かなりのパワーになる。ゴミを無差別に捨てていたのでは、リサイクルもできず、身のまわりはたちまちゴミの山となってしまうであろう。アイドリング・ストップをしても、車を使わないのではなく、二酸化炭素を排出する量は膨大であることに変わりはない。しかし、朝エンジンを無駄にかけないと心掛けるだけで、生活態度は変わる。そこから得られる影響は、太陽光発電や風力発電にもつながっていき、新たな技術革新も行われ、多くのことが得られるであろう。

「貧者の一燈」は、はかり知れないパワーを持っている。阿闍世王がどんなに富と権力とを持って万燈を灯そうと、風に吹かれれば火は消えるし、油がつきても火は消える。貧者はたった一燈しか供養しなくても、その火を見守っていくことができるのである。

私は幾つかの植林ボランティアをしている。その一つの、鉱山開発で表土さえも失われた足尾の山に木を植える事業は、公共機関の力を借りているわけではなく、まったくの民間ボランティア、つまり一人一人の布施によって行われている。その呼びかけは、苗と土とスコップを持って、植林の現場にきてくださいというものだ。できたら年会費千円を払って、「足尾に緑を育てる会」の会員になってくださいと呼びかけている。

一人一人がそこに寄せる力は小さいが、この十数年でほぼ六万本の植林をした。植えられたところは、確実に緑が甦っている。最終目標は百万本の植林をして足尾に緑を取り戻すことである。まだまだ道は遠いのであるが、ハゲ山は少しずつ緑に染まる。森は確実に回復している。

これも「貧者の一燈」の力である。一本ずつ持ち寄った木が、やがて山を緑にするはずである。

IV

古事の森

植林で未来に布施をしたい

2002.5

五十代半ばになると、まるで櫛《くし》の歯が欠けるように、一人二人と友人たちがこの世から去っていく。ああ彼がいなかったのだなあと思い出し、今そのことを知ったわけでもないのに、突然感傷的になったりする。

生老病死はこの世のならいとはいうものの、それが実感として身に迫ってくる。やがて確実に私の順番がくる。その時にどんな心持ちでいるだろう。

この歳になり、私は自分でも心境が変わったことがわかる。あまりガツガツと前に進もうとするのではなく、人のためになることを一つでも二つでもしたいと思うのである。小説家の私は人のためになるような文学作品を残すことが理想なのだが、この移り変わりの激しい時代に、そのことはなんだかとても覚束《おぼつか》なく思える。だが頼りなかろうと、自分の信じる道をいくしかないのである。

最近、私は「古事の森」構想を提唱し、京都の鞍馬の山に檜《ひのき》を植林してきた。日本の文化は木造であり、その根底には森がなければならない。だが経済活動が前提でありすべてとなってきた森は荒廃し、神社仏閣の補修のための大径木の供給もままならないのである。それならばみんなで檜の苗を植えて、二百年間から四百年間育てた後に伐採し、古来からの精神の容器である古寺や神社などの補修にあてようという構想だ。

二百年後四百年後のことなど、誰もわからない。だが、私たちの目には見えなくても、後の世界はあるのである。今苗を植えれば、本当にその木が必要な時に、使うことができる。今何もしなければ、未来はないということである。

今の時代は、過去の人が私たちに布施してくれたのである。そうであるなら、私は自分の命があろうとなかろうと、未来に布施をしたいのである。

2004.1

「古事の森」

毎年正月になると、私は法隆寺で一週間のお籠りをする。千二百三十五年以上もつづいている、金堂修正会《しゅしょうえ》という法要に参加するためである。

得度をしたわけではない私は、お寺では一番下の階級のお坊さんの役回りをする。朝、まだ暗い午前五時頃に法隆寺の伽藍にはいり、金堂の扉を古風な鍵で開けて中にはいるのである。その扉は高さ三メートルもあるのだが、なんと檜の一枚板なのだ。朝の行を二時間もかけてつとめて、明るくなった回廊を行列をつくって歩いていく。その時にまるで音楽を響かせるように光を揺らせる櫺子窓《れんじまど》は、棒を張りつけたのではなく、檜の一枚板をくりぬいてこしらえたのだ。

法隆寺を回ると、檜の材を今日では考えられないほど大胆に使っている。千三百年も前の建築物がそのまま今日まで残っているのは、最高の材料を使ったということが一つの理由である。

金堂や五重塔の材料は、樹齢千年とも千二百年ともいわれる檜である。当時はそんな材料を、簡単に手にいれることができたのであろう。樹齢千二百年の木を伐採して千三百年前に建てた建築物ならば、その檜は二千五百年前から生きはじめた生命体だということができる。二千五百年というのは、釈迦が生きて活躍した時代なのである。伐採されて寺院として再び生きはじめたと考えれば、なんとも長大な命を持っているということができる。

もう一つ、長い歳月を法隆寺の建物が存在してきた理由は、絶えざるメンテナンスのたまものである。法隆寺大工といわれる人たちが、いつも伽藍を点検して歩き、どこか傷んだところがあればくりぬいて、そこに埋木をした。そんな埋木が見事な技術によって残っているところは、中門の内部のエンタシスの柱や、網封蔵の下柱や、東大門である。いずれもが、国宝に指定された建物だ。法隆寺大工は修繕をしながら、飛鳥時代の工人の術を学んだのである。

それだけではもちろん足らず、百五十年に一度の中程度の修理をし、三百年から四百年に一度、大修理をしなければならない。徳川将軍綱吉の一六九六（元禄九）年に大修理が行われ、次の昭和の大修理は終って間もない。あと三百年は大修理はとりあえずないのだが、三百年後には必ずあるということだ。

金堂修正会は朝昼晩の三回二時間ずつ寒い金堂に坐っての、声明《しょうみょう》である。寒い堂内で声を上げながら、私は考えた。今日、法隆寺建築に使えるような檜材は、もうほとんどないといってよい。つまり、大修理はできないということで、世界に誇る日本の木造建築は未来に残すことが困難ということである。これは法隆寺に限ったことではない。日本の文化は、根底には森がある。その森が衰えたなら、日本の文化は衰退するということになる。

しかし、法隆寺を中心にして考えるならば、三百年後に大修理のための檜材が必要として、今から植えれば間に合うということだ。

そう考えた私は、林野庁の知人に三百年四百年の不伐の森の必要性を訴えた。そうしてできたのが、京都の鞍馬山の国有林に第一号としてつくられた古事の森である。二〇〇二年にボランティアの手で植林が行われた日は、春の冷たい雨が降っていた。古事の森の第一号はまだ〇・五ヘクタールしかないが、とりあえず八百本の檜の苗が植えられたのである。

この古事の森は、全国に十カ所つくられることになる。二〇〇三年春には茨城県筑波に古事の森ができ、秋には北海道の江差にできた。江差は檜葉の最北限である。二〇〇四年には奈良の若草山と高野山にできる予定である。どれもボランティアの手によって植えられる。

こうして日本各地に直径一メートル以上の大径木の森ができるといい。そこまで育つには、少なくとも二百年はかかるだろう。もちろん未来につないでいくには、誰かの手で引き継いでいってもらわなければならない。

2005.1

法隆寺金堂修正会

今年も私は正月に行われる法隆寺の金堂修正会《しゅしょうえ》に出仕し、寺内に七日間籠り精進潔斎《けっさい》をして、無事に結願《けちがん》を迎えたところである。昨年私は体調を崩して参籠《さんろう》することはできなかった。はじめて参加してから今年は十年目にあたる。私の役目は修行僧たちの助手で、承仕《じょうじ》と呼ばれる。出家をしているわけではない在家の人間なので、一週間奉仕をし、ついでに自分の行《ぎょう》をさせてもらおうという、底辺の立場だ。

朝四時十五分に起床し、身支度を整えて真っ暗な金堂にいく。前の晩から用意しておいたお粥《かゆ》などのお供物をリヤカーで運び、決まった位置に供え、お燈明《とうみょう》を点けたり消したりする。行の下支えである。お寺には常日頃からお手伝《てったい》さんと呼ばれる縁の下の力持ちがいて、私たち三人の承仕は寺僧よりずっと早く起きて、彼らとともに支度をはじめる。まだ明けぬ闇の中で、表側の華やかさからは離れた地味な行をする人とともに、私たちも静かに行《おこな》いをするのだ。

そんな日々に、少し力んでいるようではあるのだが、私は宮沢賢治の「雨ニモマケズ」の詩をひそかに思い浮かべる。

丈夫ナカラダヲモチ
慾《ヨク》ハナク
決シテ瞋《イカ》ラズ
イツモシヅカニワラッテヰル
一日ニ玄米《ゲンマイ》四合ト
味噌ト少シノ野菜ヲタベ
アラユルコトヲ
ジブンヲカンジョウニ入レズニ
ヨクミキキシワカリ
ソシテワスレズ

みんなにデクノボーと呼ばれ、誉《ほ》められもせず、苦にもされず、そういう者になりたいという理想を、宮沢賢治は実践して死んでいったのであった。これは法華経にでてくる、常不軽菩薩《じょうふきょうぼさつ》の姿である。常不軽とは、つねに軽蔑《けいべつ》されたという意味だ。常不軽は会う人ごと誰にでも同じ言葉をかけて、礼拝行をした。

「私はあなたたちを軽蔑しません。あなたたちは軽蔑されてはいない。その理由は何か。あなたたちはみな例外なく菩薩の修行をされているからです」

常不軽は誰に対しても尊さを見ていたのに、かえってまわりの人々から軽蔑されていた。うとんじられても死ぬまで礼拝行をつづけ、死ぬ時に大いなる安心《あんじん》の境地に至ったというのが、法華経の物語だ。

どんなところにも、この常不軽のように無欲な存在の人がいる。本人はことに光を当てられようなど思ってもいず、自分のなすべきことを黙々とつづける。厳寒の早朝にリヤカーを引いてお供えを運び、お燈明を点けたり消したりの行をするのは、ひそかに常不軽菩薩になることではないかと私は念じている。法隆寺の壮麗な大伽藍《がらん》の片隅での、人知れぬ菩薩行だからこそ、感じることもある。


法隆寺の金堂修正会は、吉祥天に自分たちの罪過《ざいか》を懺悔《さんげ》する吉祥悔過《きちじょうけか》である。神護景雲《じんごけいうん》二（七六八）年に大極殿で最初に勤修《ごんしゅ》され、法隆寺をはじめ諸国の寺々で行われるようになったとされる。法隆寺では二〇〇五年正月で千二百三十八回目の法会であるということだ。法隆寺では世間の人々が知ろうと知るまいと、こんなに長い間祈りつづけてきたということである。

法隆寺は千四百年の歴史を持ち、私が知ることなどごくわずかに過ぎないものの、今回金堂で声明の一端に加わりながら、感じたことがある。

吉祥悔過のストーリーは、吉祥天をはじめ仏《ぶつ》菩薩を讃え、その場にきていただき、自らの罪業を懺悔し、帰依して、願いを聞き届けていただくということだ。その願いとは次のようなものである。

「護持国主・護持伽藍・天下安穏・万民豊楽《ばんみんぶらく》・地味増長・五穀成就・及以法界・平等利益」

土地に力をもらい、農業生産が上がり、人々が幸福になり、天下は平和で、寺の伽藍が護持され、国王が護持され、この喜びは真理の世界にも及んで、すべての生きとし生けるものに平等に利益《りやく》がある。このような流れになる。

勅令によって全国の寺々で行われることとなった吉祥悔過の根底には、天皇制による国家体制を維持しようという以上に、転輪 聖王《てんりんじょうおう》への強い憧憬があると、私はお燈明の明かりがあるばかりの闇の底に坐りながらはっきり感じていた。すべての生きとし生けるものが幸福にならなければ、王にも庶民にも幸福がこないという、大乗仏教的な思想である。個人だけの解脱を願うのではない。他人の幸福を願うことにおいて、庶民も王も同じ立場なのである。

転輪聖王は古代インドの神話上における理想の帝王である。武力を用いず、ただ仏法による慈悲によって政治的な支配者になる。仏法によって世界が統一されるためには、庶民一人一人が菩薩でなければならない。

いまだ実現しない理想の国家像を求める精神を、私は今年の吉祥悔過で感じた。神護景雲二年は称徳天皇の治世で、道鏡が法王として権勢をふるった時代である。現実は現実として、大乗仏教的な慈悲心にあふれた国家を現世に実現しようとのおおらかで遠い理想を、私は切実に感じることができた。

千二百三十八回目の理想を遠望する法要に参加するとは、連綿とつづいてきた歴史の末端に連らなることである。お燈明を点けたり消したりの単純きわまりない行をしながら、私は歴史に連らなる至福を感じたのであった。

2005.3

法隆寺の願い

早朝四時十五分に起床し、衣を改めると、カイロを懐中にいれて外にでる。前夜のうちに鉢に盛りつけておいた粥などの供物を、木箱にいれてリアカーに積み、法隆寺西院伽藍に引いていく。

月光の残っている夜空が金属の光沢をたたえ、そこに五重塔や金堂が影になって浮かんでいる。美しい風景の中に自分がいることはわかっているのだが、手分けをして必ずしてしまわなければならないことがある。まず真っ暗な金堂の内部に燈明を灯すことである。素焼きの小皿に菜種油をいれ、燈芯草の茎を沈め、そこに火をつけるのだ。暗闇の中に浮かんだ釈迦三尊や吉祥天や毘沙門天や四天王などの諸仏諸菩薩が、今ここに現われたかのようにしてある。

私の役目は、修行僧の助手というべき承任《じょうじ》である。法要の下働きだ。燈明が点いて明るくなると、決められたとおりに諸仏諸菩薩に供物をならべていく。孤独で静かな充実した時間である。堂内に燈明が点ると、壁面も美しく映えてくる。

午前六時からは鐘をつかねばならないので、鐘楼にはいる。垂らしてある綱を、思い切り体重をかけて横に引くと、ゴーンと鐘が鳴る。力の伝達の方法が難しくて、なかなか思うようにいい音を響かせることができない。一度つくごとに小石を横にどかし、二十一度鳴らす。外からはまったく見えない仕事である。立派な法要であればあるほど、下で支えるたくさんの人がいるものだ。こうしているうちに出仕僧が一人二人とやってきて、法隆寺金堂修正会《しゅしょうえ》ははじまるのである。

法隆寺金堂修正会は吉祥悔過《きちじょうけか》で、吉祥天と多聞天（毘沙門天）を本尊として、人々の幸福を祈願し、自らの罪過《ざいか》を懺悔《さんげ》する法会である。声明としてのストーリーができていて、朝と昼と晩と三度吉祥天と多聞天のまつられた金堂にいき、諸如来諸菩薩を讃えて自らを懺悔し、万民《ばんみん》豊楽《ぶらく》、寺門興隆、国家安穏を祈願する。神護景雲二（七六八）年に大極殿ではじめて勤修《ごんしゅ》され、諸国の寺々でも行われるようになり、今年千二百三十八回目の御行《みおこない》である。他の寺々ではいつの間にかやらなくなってしまったのだが、法隆寺では人知れず祈りを重ねているということだ。

燈明を点けたり消したりと、私はたいしたことをしているわけではない。だが十年つづき、私個人としては年間の正月行事となっている。千二百三十八年のうちには、この法要にも様々な変化があることだろうが、芯から冷える金堂の闇の底に坐っている私から見えることもある。吉祥天に懺悔し、帰依して、「天下安穏・万民豊楽・地味増長・五穀成就」を祈願し、その後に秘儀ともなっている作法を行う。七日間行われる法要の最後の三日間の夜は一般にも公開されているのだが、金堂内陣と一般客との間は白い幕が張られて隔てられる。その時の祈りの文言は恐ろしい。

寺中寺外の他方世界からやってきて、堂舎宝塔諸坊諸院に乱れ入って、火を点けたり盗んだりの災難をもたらし、日本国家に事を寄せて万民諸人に煩いを与え、山内に違礼をはたらき、山木等を切り盗み、千古の神秘を破壊して非法をなす輩《やから》は、このようになれと激しく祈るのである。

「本願太子の御誓文に任《まかせ》て、現世には三災七難をこうむらしめ、後世には無間《むけん》地獄に堕在《だざい》して、永遠《とわ》に出離の期なからしめ給え」

これを四天王や薬師如来の眷属《けんぞく》である十二神将などに祈願するのである。この文言は法隆寺で発刊された『法隆寺要集』に記載されている。

ここに法隆寺千四百年の歴史の困難が語られている。吉祥悔過がはじめられた奈良時代と、祈りの文言がまったく同じものなのか、多少の修正が加えられているのか、私には確かめようもない。だがおおよその雰囲気というものは伝わっているであろう。

法隆寺は盗賊などの内外からの災難をもたらす乱入者に苦しんできたのである。法隆寺を建立した聖徳太子の願いは、この国を形づくる王から庶民までの一人一人が慈悲の思いに満ちた菩薩になることであった。だがその願いとは別に、人には権力欲や所有欲があり、我欲があって、なかなかうまくいかないものである。

そのためにこそ、せめて自らの罪過を懺悔する吉祥悔過は、私自身の生き方にとっても意味があるということである。

今年の法隆寺金堂修正会も無事に結願をむかえた。

2007.3

法隆寺の鬼追式

法隆寺の西円堂修二会《さいえんどうしゅにえ》（薬師悔過《やくしけか》）の行に参加して、帰ってきたところである。私は毎年正月の七日間は法隆寺の金堂で行われる金堂修正会《しゅしょうえ》（吉祥悔過《きちじょうけか》）に参加するのだが、今年はどうしてもいくことができなかった。南極に誘われて旅行をしてきたからである。

そこで翌月の西円堂修二会にいってきたというわけである。西円堂は鎌倉時代に建てられた八角形の円堂で、二十七段の石段を登ったところにある。法隆寺西院伽藍の片隅に建っているということもあるのか、民間信仰の残っているところで、お百度を踏んで願をかけている人の姿をよく見かける。内部には大工職人たちがおさめた錐《きり》がたくさん奉納されている。金堂や五重塔にくらべれば訪れる人は少ないのだが、西円堂も内部の御本尊の薬師如来像も国宝である。峯の薬師として信仰され、脱活乾漆造《だつかつかんしつづくり》の国宝だ。堂内にはつい最近まで、刀剣、弓、甲冑、鎧、櫛などがおびただしく奉納され、雑然としていて、壮観であった。太平洋戦争で供出されたものも多いのだが、戦国時代のものもある。最近整理され、一万点以上が宝物庫に収蔵された。畿内はもとより、九州や四国や関東からも奉納されている。病いを治す薬師如来は、まことに多くの人の願いを背負っていたのである。

私は二月一日に法隆寺にはいり、三日の夜にはどうしても東京にいなければならなかった。ところが三日の夜は追儺会《ついなえ》といって鬼追式で、鬼があたりかまわず松明の火をまき散らすという勇壮な行事だ。午後五時から堂内で法要がはじまり、クライマックスの鬼追式には出られないということになる。

「鬼追式だけでも出られたらいいですのに。堂内で太鼓と鐘を打ち鳴らすと、鬼が松明をもって暴れます。その火の粉に当たると一年間平気で過ごせるとされているから、きゃーっ鬼さんこっちに松明投げてなんて、おばさんから声が掛かります。来年はぜひきてください」

西円堂内で長い経を唱え一連の法要がすんだ時、若いお坊さんが私にいう。寒い堂内で二日間行《おこな》いをした。いろんな作法があるのだが、結局のところ次のことを祈っている。

「天下安穏　万民豊楽　地味増長　五穀成就」

つまり地力を高めて、食糧である五穀を実らせ、すべての人が豊かに楽しく暮らすことができれば、天下は穏やかで平和だということだ。そのための祈りをしている。薬師如来に自分たちの過ぎた日に犯した誤りを悔い、新しい年に希望を持って進もうというのだ。その祈りは僧たちによって西円堂で行われ、結願《けちがん》作法が終ると、庶民にも理解しやすいパフォーマンスとして、鬼追式が行われる。それが人々には人気で、夕方になると西円堂のまわりはびっしりと人で埋まる。

私は実際に見たことはないのだが、聞いたところによると次のようなストーリーだ。鬼はかつては僧が演じたが、今は法起寺《ほっきじ》のある岡本の人たちが扮する。その面や衣装や武器が、私が寝る寺務所の部屋に運び込まれていた。

太鼓と鐘が堂内で打ち鳴らされると、西円堂の北の薬師坊の羅生門と呼ばれる門が開けられ、松明の火に照らされて、黒鬼（父）、青鬼（母）、赤鬼（子）が鉞《まさかり》と宝棒《ほうぼう》と宝剣《ほうけん》とをそれぞれに持って現われ、舞台となった西円堂の基壇で刃物を研いだりしてから、観客のほうに向かって松明を振り回しながら投げる。金網が張ってあって松明はまともには飛ばないようになってはいるが、火の粉はかかる。

この時、法隆寺の寺僧はどうしているのか。かの若いお坊さんはいう。

「鐘と太鼓を打ち鳴らしつづけて、時々跳び込んでくる火を消します。お堂の中から火を見るのもいいものですよ」

来年は時間をつくってこなければならないだろう。私は修行の手伝いをしながら、十数年間法隆寺の法要に参加させてもらっている。鬼追式の時にも西円堂で法要をしているから、お堂の中で跳んでくる火の粉を消す役目になる。

今回も時間のある時、私は法隆寺の伽藍の中を改めて散索した。千三百年間そのままで建っている伽藍は相変わらず壮観である。この建物の背景には豊かな森があったことは、改めて語るまでもない。

「確かに千三百年はもった。しかし木造建築の寿命がどのくらいあるか、誰にもわからへん。法隆寺は誰も知らない世界にはいっとるんやから。千三百年と百年で駄目にならんとは、誰もいえん」

大野玄妙管長の口癖である。本当にその通りだと思う。そこで昨年春、法隆寺が借景とする裏山に、寺の建築材料を供するために「斑鳩古事の森」をつくってきた。管長や若いお坊さんたちと、私も植林の汗を流したのである。

散華の縁

2002.1

はじめて裏千家御家元とお会いしたのは、中国の敦煌《とんこう》でであった。

数年前から私は縁あって法隆寺の正月の行《ぎょう》、金堂修正会《しゅしょうえ》に小坊主として参加している。その行は、吉祥悔過《きちじょうけか》という。一年間の罪や悪業を吉祥天に祈って祓《はら》ってもらい、新しい年を迎えようという、もう千二百三十数年続いている行《おこな》いなのである。

そんな縁があり、私は敦煌での法要と献茶式に、修行僧のアシスタントである小坊主、法隆寺での名称は承仕《じょうじ》として、参加することになったのである。三つの団体が敦煌の莫高窟《ばっこうくつ》に集まった。一つは裏千家の人たちで、バスを何台も連ねる大団体であった。もう一つは平山郁夫画伯を中心にした、文化財保護のグループである。その中でも法隆寺の団体が最も小さかった。

「高いところは恐くありませんか」

敦煌に着いてから、私は当時の高田良信管長に問われた。私は法隆寺の五重塔の屋根にも登ったことがあるし、別に高所恐怖症というのではない。それで、別に平気ですと答えた。高田管長から戻ってきた言葉はこうであった。

「それじゃあ大仏殿の屋根の上から、散華《さんげ》をしてもらいましょう」

法要と献茶式の日、私は弥勒仏の大仏殿である大雄宝殿の屋根に登った。もちろん誰もが上がれるところではない。塑像の大仏は唐代のものだが、大仏殿は清代の建築だ。九層のうち七階の屋根の上に上がると、赤甍の下の板が腐っていて足の裏がぼこぼこする。荷造りに使う細いビニール紐を腰にまわし、安全ロープがついているからこれで心配ないなと大雄宝殿の欄干の内側を見ると、中国の管理人はただロープを軽く握っているだけである。私が落ちたとしたら、ロープは掌の中をすべりぬけるだけで、なんの助けにもならないであろう。

下では緋毛氈《ひもうせん》の上で献茶式がはじまった。私がまくことになっている散華は、千五百枚用意してあった。平山郁夫画伯の木版画三点、井上靖氏の「敦」と「煌」の二点、合計五種類である。散華のタイミングは、お茶を捧げ持った御家元が仏殿に向かって緋毛氈の上を歩いている時である。その瞬間、それまでなかった風が吹いた。かなり遠いのだったが、私は思いきり遠くに届くようにと紙の花を放つ。きらきらと輝きながら花は飛んでいき、祭壇にお茶を捧げる御家元の前にはらりと一枚が落ちた。「敦」という字であったそうだ。ちなみに平山郁夫画伯の足元には、「敦」と「煌」の二枚がつづけざまに落ちたのである。風が吹いたのはその一時だけだったから、吉兆というほかはない。

そんな縁があり、翌年の正月から私は高田良信管長のお供で裏千家初釜式にいくことになった。あくまで法隆寺管長のお供である。初釜式の時期、私は法隆寺の金堂修正会で行いをしている。行いは朝と昼と晩とあるのだが、昼は最も軽いので、私がぬけても支障はない。

その後、高田良信師は管長の職を降りて後進に道をゆずり、長老になられた。その後も、一週間つづく金堂修正会の一日、高田長老と私は京都の今日庵にいく。

不思議な縁によってそうなったのであるが、恥ずかしいことに私には茶道の素養がない。そこで私は初釜の前夜、高田長老のお住まいの塔頭《たっちゅう》に呼ばれ、奥さんを先生にして長老と二人ならんで練習をするのである。そもそも私には素養がない上に、一年に一度のことだから忘れてしまうのである。練習をしていくので不安はないはずなのだが、もともと身に着いていないことだから、本番になると何をどうするのか忘れてしまうのだ。

初釜式の京都の今日庵は、たくさんの茶人がやってきてそれは華やかなものである。私は高田長老のお供であり、奥さんと三人で伺う。最近はお供ではなく案内状をいただくことになったのだが、高田長老のあとについていくことに変わりはない。

通されるところは、正客の席である。長老のあとについていくのだから、もうそこに坐るしかないのである。茶道においてどんなに未熟であろうと、その場所にいるしかないのだ。某書家は片手で茶碗を持ち、酒をあおるようにぐいと飲むなどと聞かされているが、そのような英雄豪傑のようなこともできず、私は緊張して静かに正座している。

「立松先生、足が痺れたでしょう。我慢大会ではありませんので、どうぞ足をお楽にしてください」

御家元が気を遣っていってくださるが、修行中ですから大丈夫ですと私は笑って答えるのである。

「今度青年の船がでますから、中国に御一緒しましょう」

若宗匠がお濃茶を練ってくださりながら、私を誘ってくださる。かくして高田長老と私はその年の夏、第九回裏千家青年の船に乗せていただくことになったのであった。

このように最近では私の一年は、今日庵でのお濃茶と法隆寺での行《ぎょう》ではじまるのである。

V

門を開けて外に出よう

人生は旅であるという死生観

2007.11

松尾芭蕉『奥の細道』には、日本人の死生観がまず語られている。冒頭の文章はこのようなものである。

「月日は百代の過客にして、行きかふ年もまた旅人なり。……」

(時の流れは永遠の旅人であり、行きては去る年もまた旅人である。舟の上で生涯を浮かべ、また馬のくつわをとらえて老いを迎える者は、毎日旅をしているのであり、旅を常住のすみかとしている。先人たちも風雅の道を歩き、旅の途上で死んだものも多い)

次の部分も加えて現代語に直すと、このようである。ここに描かれているのは、時間も旅人であるということだ。現代の感覚では、旅というのは空間の移動のことであるが、ここでは時間も旅だといっている。私たちは時間の中を旅している。これは仏教的な諸行無常ということである。

人はこの世にやってくる時、時間も空間も旅してきたのである。この世ではないからとりあえずあの世と呼ぶ世界から、母の門を通って、この世にやってきた。そして、この世の旅をつづけているのが私たちなのだ。

あの世とこの世という二つの世界が設定されていて、空間を移動して旅をしてきたのだが、同時に時間の中をやってきたのだ。無常の中を生きるとは、時間を旅することに他ならない。

人は誰でも、故郷のあの山を越えて見知らぬ土地にいってみたいと願っている。封建時代はほとんどの人は土地に縛りつけられ、旅ができるのは、旅役者や行商人など職業的に限られていた。武士は参勤交代で主君についていくか、公務をもらわなければ、旅は許可にならなかった。商人は登録された場所で商売をしなければならなかったのだし、農民は生涯その土地を耕さなければ生きていくことはできなかったのだ。

そうだからこそ、旅は憧れでもあったであろう。生涯同じ土の上で生き、他所にいかなくても、実はその人は旅をしていたのだ。人生という時間の上を、諸行無常とともに旅をつづけていたのだ。

あの世からこの世に生まれてくるのは、空間を移動してきたのであり、同時に時間の旅をはじめたということなのである。人生は旅ということだ。時は誰の上にも等しく過ぎていく。身分制度など超越する。同時に誰もそこから逃がれることはできない。

時間を生きている人生上の重要な要素は、成人式である。元服をすると、「可愛い子には旅をさせろ」といって、旅に出したのである。結婚はまさに空間移動の旅でもあるのだ。花嫁は乗り掛け馬に乗り、家から家へと旅をしてくる。嫁入り衣裳は、手甲に脚半に草鞋ばきで、頭には日除けの頭巾の変形である角隠しをかぶってくる。この姿は旅姿の変形で、旅を象徴しているといってよい。

私の故郷の北関東の古い習俗では花嫁が婚家の家の軒先にはいる時、姑《しゅうとめ》が頭に菅笠《すげがさ》をそっとかざしてやる。なんのためにするのかわからず、やがてすたれてしまった。これは花嫁は家から家へと旅をしてきたという表象なのである。旅をしてきたことをねぎらうと同時に、空間の旅と時間の旅とがここで交差する。

人生の最大のポイントは、死である。死に向かって、日本人が古来からつくってきた人生は旅であるという死生観が、はっきりと表われる。死が恐ろしいというのは、最終的な消滅であり、愛するものと永遠の別離をしなければならないと考えるからである。人生は旅だという死生観から見れば、死とは時間の旅の中の一つの過程にしか過ぎないということになる。

あの世からこの世に赤ん坊の姿で旅をしてきた人が、この世の旅を終ってこの世でないあの世に旅立っていく。この世とは此岸で、あの世とは彼岸だ。彼岸は生まれる前にいたあの世かもしれないし、そうではないかもしれない。いずれ此岸とは別の場所なのだ。仏教の母胎の古代インド思想に輪廻転生があるのだが、旅の死生観には輪廻転生のような苦の認識はない。ただ向こう側にいくだけのことだ。

生まれる前の彼岸のことは忘れても遠くに過ぎ去ったことなので実際の影響はないのだが、死んでからいく彼岸は切実だ。これから誰でもいくところなので、イメージははっきりとつくられている。

その世界に旅をするための死装束は、手甲に脚半に草鞋であり、菅笠を棺にいれる。つまり、江戸時代の巡礼の旅姿なのである。経帷子《きょうかたびら》を着て、首からは頭陀袋《ずだぶくろ》をさげる。これは四国八十八カ所のお遍路さんの姿そのものなのだ。

頭陀袋には三途の川の渡し賃、つまり旅費である六道銭をいれる。これはあの世だけで使える紙の銭だ。五穀は、あの世にいった時に土に蒔けば、やがて収穫ができる穀物である。川を渡った向こう側には、明らかに他界としての空間が設定されているのだ。

人生は旅だという死生観から見れば、死は彼岸に旅をするだけなのだから、悲しくも恐ろしくもないということなのである。善も悪もないのだ。

2009　夏

お盆という行事

「盂蘭盆経《うらぼんきょう》」により、目連《もくれん》が母を救うため餓鬼道にいったという物語が、盆という習俗の根拠となっている。盆とは、祖霊の死後の苦しみを救う行事である。祖霊、新仏《しんぼとけ》、無縁仏（餓鬼仏）にさまざまな供物を供え、成仏を願う。墓参をして、霊を家に連れてきて仏壇前で霊祭りを行い、僧が棚経《たなぎょう》にまわる。陰暦七月十三日から十五日の間、死後の世界にあった霊がこの世にやってくるということである。農事のつごうから、八月に行う地方が多い。いつしか正月に次ぐ大行事になった。以上が盆についてのあらましである。

長いことつづいてきた行事だから、地方によっては様々な変化をとげてきた。私が子供の頃、盆近くになると、近所の八百屋の店先に真白い麻殻《おがら》がならんだ。私が暮らしていた栃木は麻の産地で、繊維を抜いた麻殻はいわば廃棄物であった。普段見慣れない麻殻を見て、盆が近いことを知った。これはキュウリやナスにさして馬や牛をつくるためのものであった。短く折った四本の麻殻をさせば、それだけで牛馬ができた。霊はあの世という遠い世界からこの牛馬に乗ってやってくる。

三日間家にいた霊をまたあの世に帰す時、麻殻の簾《すだれ》を舟に見たて、野菜の牛馬とともに川に流した。これが送り盆であった。同時にろうそくを立てた流し灯籠を川に流した。戦争で死んだ霊の鎮魂の意味もあったことであろう。この行事にまつわるものとして、盆踊りがあった。死者が群衆にまじって踊るとも考えられた。

遠い遠いあの世から死者の霊が家に帰ってくるのが盆であるが、帰ってくるのはそればかりではない。都会に出ていった息子や娘たちがその女房や子供たちを連れて一斉に故郷に帰るので、鉄道は満員になり、高速道路は渋滞し、国民大移動の趣になる。宗教行事が生活となっている。これが盆のよいところである。

そこは、彼岸へと続く道

2002.4

歩くということは、瞑想《めいそう》である。四国の山河を一歩また一歩と歩きつつ、自分の人生について考えるのが、四国八十八カ寺めぐりの巡礼《じゅんれい》の旅だ。

また歩くということは、ある種の苦行《くぎょう》であって、肉体の鍛錬《たんれん》をともなう。こうして歩くことによって、人は元気になってくるのだ。四国八十八カ所の道を歩ききれば、肉体的にも精神的にも、人は強くなるであろう。

八十八カ所の寺にいくと、山門や本堂に松葉杖《まつばづえ》や義足《ぎそく》が奉納《ほうのう》されている光景をよく見ることができる。ある寺では、こんな話が伝わっている。ある足の悪い人が木製の箱の底に車輪をつけ、犬に引かせて巡礼をしていた。お寺にはいった時、野うさぎが走りでてきたので犬が駆けだし、お遍路さんは地面に投げ出された。こらっと叱ったお遍路さんが自分自身の姿をよく見ると、二本の足で立っていたという。悪かった足が、いつの間にか治ってしまったのだという。

肉体を使って歩き、山坂を越えてくるということは、どんな形であってもリハビリである。ところが、自分自身ではただ先へ進んで次の寺へと巡っているだけなので、リハビリをしているというような意識はない。突然に治ってしまうようにも感じ、それは同行二人《どうぎょうににん》の弘法大師《こうぼうだいし》のおかげと感じるかもしれない。理由はどのようでもいいのである。人はそれを御利益《ごりやく》と感じる。

寺をまわって、私は何人かの住職に昔と今のお遍路さんの違いについて尋ねたことがある。皆、異口同音《いくどうおん》にいうことには、昔のお遍路さんは汚れていたという。お金がないので宿坊《しゅくぼう》や遍路宿に泊まることができず、寺が用意した善根宿《ぜんこんやど》や堂の縁《えん》の下で眠った。これでは衣も汚れるはずである。まわりの人の善意であるお接待《せったい》によって、食を得、衣を得、かろうじて遍路をつづけることができた。

八十八カ寺を打ち終ると、お礼参りとして四、五カ寺を回り、最終的には高野山《こうやさん》にいくのが、正しい順序である。ところが四、五カ寺のお礼参りを終っても戻っていかず、また先へと進んでいくお遍路さんがいたそうだ。八十八カ寺を回るとさすがに衣もくたびれてくるだろうが、善根宿や縁の下に泊まって二回目を回る時には、どんな姿になっているのであろうか。

こうするのは、もちろん帰るところがないからだ。故郷をでてきたのは、何かの理由があるからである。しかも、帰ることができないとは、相当に深い理由があるはずだ。人間関係が悪縁になってしまったり、不治《ふじ》の病いにおかされたり、そんな悪いことばかりでなく、強い信仰心を持ったということもあったであろう。

どんな理由かわからないのだが、もう故郷に帰らないと決めたからには、遍路として死ぬしかないのである。そんな死も、遍路のシステムのうちであったと、私は思うのである。なぜなら、八十八カ寺の裏庭にいくと、林や竹藪《たけやぶ》の中にいくつも遍路墓がある。最近は身元知れずのものは少なくて、あったとしても引き取る場所があるであろうが、かつては裏庭に遍路墓をつくって埋葬するしかなかった。別のいい方をするなら、遍路をしているかぎり、誰でも葬ってくれたのである。

遍路道のルートにいれば、遍路なのである。八十八カ寺のそれぞれには、遍路道のルート上に境界があり、行き倒れた場所によって寺が決定される。もし遺体ならばその寺が引きとり、裏庭に墓をつくって埋葬する。故郷や親族を失った人間とするなら、遍路であるかぎり墓を持つことができるということになる。

四国八十八カ寺にいったら、どこでもよいから裏庭のほうにまわるがよい。遍路墓と呼ばれる無縁《むえん》墓の列に、圧倒されるに違いない。四国八十八カ寺の遍路は、かつてどれほどの数の人が歩いたかと、感動をもって感じられるのである。

遍路道は、彼岸への道である。遍路が必ず持って歩かねばならず、宿に着いたらば泥を洗い、寝る時にも床《とこ》の枕元《まくらもと》に置く金剛杖《こんごうづえ》は、頭に五輪《ごりん》が刻んである。つまり金剛杖は、墓なのである。遍路はいつも墓とともに歩いている。死ねば、金剛杖を土にさすだけで墓標となるのだ。

遍路の装束は、経帷子《きょうかたびら》、手甲《てっこう》、脚半《きゃはん》、菅笠《すげがさ》、頭陀袋《ずだぶくろ》、白地下足袋《じかたび》である。そのほかには輪袈裟《わげさ》、納札入《おさめふだいれ》、念珠《ねんじゅ》、金剛杖などが必要なのだが、基本の装束をよくよく見れば、これは死装束であることに気づく。死ぬと、江戸時代にかぎらず現代でも、棺の中でこの遍路の装束をする。

これはつまり、お遍路は死への旅をしているということを意味しているのだ。四国は〈死〉国であり、死の世界へは歩いていくことができて、この生の世界とは地つづきなのである。

人生は旅なのである。あの世である彼岸から、赤ん坊としてこの世にやってきた。この世の時間の中を旅して、やがてあの世である彼岸に帰っていかなければならない。時間の中を旅するのが人生であるから、すべての人が旅人なのだ。旅というのは、空間の移動ばかりでなく、時間の移動でもある。

すべての人に必ず訪れる死が恐ろしいのは、それが終末であり、永遠の別離だからである。しかし、ちょっと向こう側にいく旅と同じようなものだと考えれば、死も恐ろしくはなくなるのである。川の向こう側に、旅人として渡っていくようなものなのだ。

死装束を着けて四国の山河をいく八十八カ寺遍路は、死の練習問題をしているように私には見える。旅は苦行というばかりではなく、快楽でもある。楽しみながら、死のシミュレーションをしているのが、四国八十八カ所遍路の旅であると、いおうと思えばいえるのではないだろうか。

この旅は、いつでも生の世界に戻ってくることができるからこそ、気楽にでかけられるのである。

砂の聖地

2004.12

仏教がシルクロードを通って東進したことについて、すぐに二人の名が思い浮かぶ。鳩摩羅《くまら》什《じゅう》と玄奘《げんじょう》である。羅什は西域の亀茲《きじ》国の人である。父は天竺の人、母は亀茲国の人で、羅什が生きていた四世紀後半にさかんに掘られていたのが、キジル千仏洞だ。

キジル千仏洞の前には、羅什が若々しい姿で瞑想にふけっている銅像がある。法華経を漢訳した羅什は、仏教に大きな足跡を残した。現在も私たちが親しんでいる法華経は、羅什その人が訳した文章なのである。

空には雲もほとんどなく、熱の光が降り注いでいた。日影からでると、頭からぽっと炎を上げて燃え尽きてしまいそうである。渭干河《いかんが》の北岸の高さ五十メートルにもなろうという断崖に、後漢から宋代にかけて二百三十七の石窟が刻まれた。キジル千仏洞は、新疆ウイグル自治区では最大の石窟寺院である。そんな聖地にお参りできることが、私にはなんともありがたいことであった。

玄奘は六二九年に唐の都西安を発ち、一年後に屈支国に到ったと『大唐西域記』に書いている。屈支国とは亀茲国のことで、玄奘はここに六十日間滞在した。ぶどう、ざくろ、梨、桃、杏が豊富で、黄金、銅、鉄、鉛、錫を産し、人々の性格は穏やかであると、玄奘は書きとめている。伽藍は百余カ所あり、僧徒は五千人いて、仏像は黄金に荘厳されていた。仏堂の中に二尺余りの玉石があり、色は黄白で海の蛤のようで、長さ八寸幅六寸の仏足石が刻まれていた。玄奘が記録した亀茲国最大の寺院のアーシュチャリア寺こそ、スバシ故城といわれている。玉の仏足石は現在、北京の博物館に保存されているということだ。

現在は茫漠とした砂の遺跡である。ここにいると、砂の恐ろしさをまざまざと感じる。人がどんな建物を構築しようと、砂はすべてを呑み込んでしまうのだが、人の精神は残っていく。その精神を感じるのが、仏跡巡礼の意味であろう。

2006.8

思慕——羅什と玄奘

関中《かんちゅう》平原の中央部にある西安は、紀元前十一世紀頃の西周《せいしゅう》から十世紀はじめの唐《とう》代まで約二千年間、十三の王朝の都であった。秦始皇帝《しんしこうてい》は渭河《いが》の北側に中国最初の統一国家秦の都咸陽《かんよう》をつくり、秦を討ち滅ぼした漢《かん》の高祖《こうそ》劉邦《りゅうほう》が渭河の両岸に都を建てた。これらの都が少しずつ移動しながら、唐の長安《ちょうあん》へと受け継がれていく。中国史上唐代は最も盛んな時期であり、長安もいまだかつてない輝きを放っていた。

秦漢時代に開かれた、ユーラシア大陸を横断するシルクロードの出発点として、長安の輝きは遠くヨーロッパにまで届いていたのである。その輝かしい西安を訪れるに際し、私にはどうしてもお参りしてみたいところがあった。

草堂寺《そうどうじ》である。唐代のシルクロードを考える場合、その典型的な人物として鳩摩羅什《くまらじゅう》（三四四〜四一三年）がいる。天竺《てんじく》（インド）で生まれ、西域を通ってきた仏教を考えるうえで、羅什は欠かすことのできない人物である。


鳩摩羅什はクマーラジーヴァといい、略して羅什という。意味から訳すと、童寿《どうじゅ》となる。父のクマーラヤーナ（鳩摩羅炎《くまらえん》）はインドの宰相《さいしょう》であったが、出家して西域の亀茲《きじ》国に至り、国王に推されて国師となり、王の妹ジーヴァを娶《めと》って一子をなした。子の名は、父母の名をあわせてクマーラジーヴァとした。生まれたのは亀茲国の首都クチャ（庫車）である。七歳で出家して、九歳で母とともに北インドに留学し、小乗学派《しょうじょうがくは》を学び、カシュガルでは王子スーリヤソーマ（須利耶蘇摩《しゃりやそま》）について大乗空義《だいじょうくうぎ》を究《きわ》め、梵本《ぼんぼん》（サンスクリット語）の法華経を授けられたという。

故国亀茲に帰ると国王の帰依《きえ》を受け、大乗教義を講説した。その名声は西域諸国ばかりではなく、中国にもおよんだ。戦争を起こして羅什を手にいれようとする王まで現われたのだから、その名声は限りもない。三八四（建元《けんげん》二〇）年、前秦《ぜんしん》王苻堅《ふけん》は将軍呂光《りょこう》をつかわして亀茲国を攻めさせ、羅什を自分の国に迎えようとした。この戦《いく》さで亀茲国王白純《はくじゅん》は戦死し、羅什はとらえられた。その時、呂光は亀茲王の娘を強いて羅什に娶らせたという。羅什の種をこの世に残そうとしたのである。

呂光は羅什とともに涼州《りょう》（甘粛《かんしゅく》省武威《ぶい》）まで戻った時、前秦が滅んで苻堅が殺されたことを知る。呂光はそのまま国を起こして後涼《こうりょう》王となり、羅什は涼州に十八年間とどまることになる。その時に、本格的に漢語を学んだといわれている。

四〇一（弘始《こうし》三）年、後秦《こうしん》王姚興《ようこう》は後涼を討ち、羅什を長安に迎えて国師とした。羅什は長安の西明《さいみょう》閣と逍遥《しょうよう》閣にとどまり、本格的に仏典翻訳と講説に取り組んだ。訳した経典は、「中《ちゅう》論《ろん》」「百論」「十二門《じゅうにもん》論」「大智度《だいちど》論」「法華《ほけ》経」「阿弥陀《あみだ》経」「維摩《ゆいま》経」「梵網《ぼんもう》経」と多岐にわたり、異説もあるがその数三十五部二百九十七巻とされている。

羅什の訳は流麗であり、漢語の持つリズムをよく生かしている。羅什訳の経典は中国で熱狂的に迎えられ、日本や朝鮮半島に伝わり、今日でも使われている。羅什の訳業の上に、私たちの仏教への思いは成立している。羅什ほど後世の仏教に深い影響を与えたものはいないであろう。

一人の僧を求めるため戦争まで起こした例が、史上ほかにあるだろうか。後秦王姚興は羅什の血統が絶えることを怖れ、長安の妓女《ぎじょ》十人をまわりにはべらせたという。女性と交わらないという戒律《かいりつ》を僧として受けた身では、姚興の待遇は羅什には苦痛であったはずである。姚興の望みどおりに羅什が子孫を残したかどうかは、後世の歴史書は伝えていない。四一三（弘始一五）年四月十三日、羅什は長安の長安大寺《ちょうあんだいじ》で没した。享年七十であったという。

たとえば大乗経典の中の大乗経典といわれる「法華経」は、「白い蓮《はす》の花のような素晴らしい教え」というような意味である。蓮は泥の中に根を張り、泥の汚れのつかない美しい花を咲かせる。私たちは泥のような現実社会に生きるほかはないのだが、蓮の花のように美しい花を咲かせることができる。それが菩薩行《ぼさつぎょう》ということである。

サンスクリット語では「サッダルマプンダリーカ・ストーラ」という「妙法蓮華経《みょうほうれんげきょう》」は、中国に伝わって六度訳された。竺法護《じくほうご》訳「正《しょう》法華経」十巻、鳩摩羅什訳「妙法蓮華経」七巻、闍《じゃ》那崛多《なくった》・達磨笈多《だるまぎゅうた》「添品《てんぽん》妙法蓮華経」七巻の三種が現存し、他は消滅してしまった。この中で最も人々に愛誦《あいしょう》されているのが、羅什訳の「妙法蓮華経」で、他のものは姿を見かけることも珍しくなってしまった。経典には作者の名はないが、訳者の名は残る。鳩摩羅什の名は、この法華経とともに私たちと生をともにしている。

その羅什ゆかりの地が、草堂寺なのである。西安市から西南に約五十キロ、仏教寺院の多い終南山《しゅうなんざん》を眺めるところに、「草堂寺」の看板が掲げられた草堂寺がある。草の庵《いおり》を思わせる小さな名前の寺だが、人の思いを加えて規模を拡大していったのか、思いがけず大きな寺であった。

羅什が後秦王姚興の求めに応じ、弟子三千人余と経典翻訳の大偉業にとりかかった場所は、西明閣と逍遥閣とされている。後に長安城内にはいった西明閣は、西明寺としてその名を残しているのだが、今は跡形もない。もう一つの逍遥閣は、この草堂寺に引き継がれているのである。

姚興は羅什を国師として迎え、自分のために建てた逍遥閣に迎えた。ここで羅什は弟子とともに翻訳にとりかかり、それまで断片的に洩れ入ってくるばかりで教理もはっきりしていなかった仏法を、論理にした。仏法が誰にでも理解できる普遍的な教義になったのである。

草堂寺は華美な寺ではなく、いわば田舎風のひっそりとしたたたずまいである。羅什の名に比すれば、質素であるといえる。山門から参道がまっすぐに伸びて大雄宝殿《だいゆうほうでん》（金堂）に行き当たる。その裏の涅槃堂《ねはん》は古い建物が倒壊し、最近新しく建てられたばかりである。その奥には法堂があり、その横に僧の生活する僧堂が建っている。僧堂の裏側にまわり込むと、野菜畑になっている。トラックが停まっていて、車体には「草堂寺生活専用車」と書かれていた。

大袈裟《おおげさ》なものは一つもない。羅什の仕事も、一字一字言葉を置き換えていき、全体の流れを見て韻《いん》などを確かめ、おかしなところは別の言葉と取り換える。意味と詩的感受性の間で迷いぬいたこともあったろう。全体から見れば、まことに地味な仕事であるといえる。草堂寺に実際にきてみて、彼を得るため戦争さえ引き起こさせた羅什その人のたたずまいも、身にまとっている伝説に反して、この寺と同様に質素きわまりなかったのではないかという気がする。

羅什の死後、草堂寺に堂宇《どうう》と舎利塔《しゃりとう》を建立し、遺骨と灰とを奉納した。西暦四一三年のことであるから、千五百九十年以上も前である。その姚秦《ようしん》三蔵法師鳩摩羅什舎利塔が、寺内の片隅に残っている。乳黄色《にゅうおうしょく》の大理石に精緻《せいち》な鑿《のみ》の運びで刻まれた、高さ二百三十三センチの八面十二層の塔である。形状から、八宝石塔ともいわれている。千五百九十年以上も建っていることは立派であるが、羅什が残した言葉がまったく古びもせず、今なお人の魂を揺り動かしていることを考えるなら、形のない言葉には諸行無常《しょぎょうむじょう》という真理は影響を与えないのだと感じる。言葉は、そして人の精神は、永遠なのだ。

「南無妙法蓮華経《なむみょうほうれんげきょう》〜。南無妙法蓮華経〜」

傍《かたわ》らの鳩摩羅什記念堂から、日本人僧の法要の大声が響いていた。法を求めていると同時に、鳩摩羅什その人を渇仰《かつごう》する声だと、私には感じられたのだった。

西安には、もう一人忘れてはならない高僧がいる。唐代の玄奘三蔵（六〇〇〜六六四年）である。その国が発展する時には必ず文化も深化し、それをになう人物も生まれる。

玄奘三蔵にゆかりの寺といえば、なんといっても慈恩寺である。境内に建つ七層の大雁塔《だいがんとう》は、西安のシンボルといってもよい。慈恩寺は六四八（貞観《じょうがん》二二）年、唐の第三代皇帝高宗李治《りち》が、母の文徳《ぶんとく》皇后の慈恩を追慕《ついぼ》して建てた。当時は僧房千八百九十七室あり、僧が多数住んでいたという。

インドのナーランダー寺で学び、西域百十カ国を歴訪し、経論六百五十七部を持ち帰った玄奘は、国禁を犯して国を出たにもかかわらず、帰ってきた時には皇帝の盛大な出迎えを受けた。時の皇帝太宗《たいそう》は玄奘にサンスクリット語経典の漢訳にあたらせ、慈恩寺が創建されるとその西北に翻経院《ほんきょういん》を建て、そこで翻訳をするようにした。鳩摩羅什と違って玄奘は、天竺から自分で請来《しょうらい》した経典を自分の手で翻訳したのである。

慈恩寺創建の翌六四九年に太宗が崩じて高宗が即位すると、玄奘は慈恩寺に移って訳経をもっぱらにした。その翻訳事業はまことに大規模であったと伝えられる。証義《しょうぎ》（訳語の考証）、綴《てい》文《ぶん》（文体の統一）、字学《じがく》、証梵語梵文《しょうぼんごぼんぶん》、筆受《ひつじゅ》（口述筆記）、書手《しょしゅ》（浄書者）と分担し、玄奘はその監督にあたった。その翻訳の内容も、古典サンスクリット語から直訳風に訳し、新訳という訳風を起こしたとされる。

「大般若経《だいはんにゃきょう》」六百巻、「瑜伽師地論《ゆがしじろん》」百巻、「大毘婆沙論《だいびばしゃろん》」二百巻、「倶舎論《くしゃろん》」三十巻、「成唯識《じょうゆいしき》論」十巻、「摂大乗論《しょうだいじょうろん》」三巻と、諸説があるにせよ七十五部千三百三十五巻におよんでいる。これは個人の訳業を遥かに超えたものである。この中に小品ながら「般若心経」がある。この経典は大乗仏教の中心をなす「空《くう》」の思想を、本質を抽出して的確に説いたとされる。世界中でもっとも愛誦されている経典であろう。

　唐末の戦乱で残ったのは、慈恩寺のうちで大雁塔だけだとされる。玄奘は天竺から持ち帰った経典と仏像を保存するため、慈恩寺の境内に塔を建てたいと高宗に願い出た。高宗は玄奘の願いをかなえ、天竺の塔婆《とうば》を真似て五層の塔を建てた。六五二（永徽《えいき》三）年のことである。材料は煉瓦《れんが》、石炭、土、餅米で、玄奘自身も煉瓦を負って運び、塔の一日も早い完成を願った。のち、何度か修復され、明《みん》代に今の姿になった。

　大雁塔は気品をたたえてそびえている。これから伸びていこうとする、溌剌《はつらつ》とした気概にあふれている。この大雁塔が西安全体の雰囲気をかもしだしているといえる。

　もう一つの玄奘三蔵ゆかりの寺の興教寺《こうきょうじ》は、西安から約二十キロ東南にある。この長安区の少陵塬《しょうりょうげん》は、小麦文化の西安では珍しく水田のあるところである。山の斜面に建つ興教寺は、玄奘の遺骨が納められているところだ。

　六六四（麟徳《りんとく》元）年二月、玄奘は弥勒《みろく》を念じながら六十五歳で寂《じゃく》した。一説に六十三歳ともいわれている。最初玄奘は西安の東郊外の白鹿原《はくろくげん》に埋葬されたのだが、皇宮にあまりに近く、そのほうを見るたびに高宗は悲しくなった。そこで少し離れた興教寺に玄奘の遺骨を移葬させた。興教寺は玄奘を供養するために、高宗によって建立された寺である。

もともとの寺は今から百年ほど前の清《しん》代の戦火で焼失し、玄奘三蔵と二人の弟子の墓塔三基以外は、再建である。山門には「法相《ほっそう》」の文字が刻んであり、壁には「唯識」の文字がある。もちろん今でも玄奘三蔵の寺ということだ。

境内にある三基の墓塔、すなわち唐三蔵塔にお参りするのが、今回の旅の最大の目的だ。最も大きな玄奘舎利塔は五層で高さ二十三メートルである。弟子の窺基《きき》と円測《えんそく》の塔は心持ち傾いており、偉大な師に礼をつくしているかのように見えた。

黄昏の静かな境内である。立ち去り難くていつまでも塔を見上げている私を、工事の男が何かいいたそうにして見ていた。黙っていると千三百年以上前の同じことを男とともに考えているような気にもなるが、一言でも交わそうとすると、たちまちそこには言葉の壁が立ち塞《ふさ》がるのである。

2000.5

さみしさの風

時折思い出すことがある。

その時、私は友人と二人でインドのサルナートにいっていた。ヒンドゥー教の聖地バラナシの郊外にあるサルナートは鹿野園《ろくやおん》もしくは鹿の園と呼ばれ、釈迦《しゃか》がはじめて仏法を説いた初転《しょてん》法輪《ほうりん》の地である。

仏教の聖地であるため、ここを訪ねる人は多い。マウリヤ朝（紀元前三世紀）に創建されたといわれるダーメーク・ストゥーパが残っている。マウリヤ朝といえば、釈迦が入滅して間もなくつくられた、世界最古のストゥーパということである。

ダーメーク・ストゥーパのまわりは芝生の広場になっていて、タイあたりからきた仏跡巡礼団が僧の指導のもとに時折坐禅をしていった。私はそんな風景をぼんやりと眺めていると、南方の明るい黄色い衣を着たお坊さんがこちらに近づいてくる。タイかミャンマーあたりからきたお坊さんかと、私は思った。チベット人僧は黒を含んだ褐色の衣をまとい、日本人僧は鼠衣か黒染めを着ている。

「お話ししてよろしいですか」

そのお坊さんは声が届く距離に近づくと、日本語で話しかけてきた。声をかけられるとは思わなかったので、芝生に寝そべっていた私は居住いを正し、どうぞと返事をする。

「インド旅行をする仏教徒は、必ずここにくるんでしょうね」

そんな話からはじまった。私は釈迦の一代記を書こうとして、取材をしているのだった。お坊さんは黄色い衣を身体に巻きつけたような僧衣を見事に着こなし、同じ布地でつくった頭陀《ずだ》袋《ぶくろ》をさげ、ゴムゾウリをはいていた。どう見ても日本人ではなく、アジアの南のほうからやってきた修行僧の風体だ。年齢は六十歳半ばを過ぎていたろう。

「私は釈迦のおそばにいたくて、こうしてインドにきてしまったんですよ。こうしておそばにいることができて、私はとても幸福なんですよ」

こんなふうに話すので、私も安心するのだった。やがてお坊さんは頭陀袋からビニールのファイルにいれた写真帳をだして見せてくれた。子供が写っていた。コンクリートの建物は、どうも学校のようである。

「学校を建ててるんですよ。文字を教えてやらなければ、子供に未来はありませんから。また親のない子を引きとって、育てています。まだまだ設備が悪いので、思うとおりにはいきません。なにしろ先立つものがありませんので」

要するに寄附をしろということである。お坊さんのいうことは、百パーセントいいことだ。非をあげつらうことは何もない。私はドルをポケットにいれ、飛行機に乗ってやってきたわけだから、贅沢《ぜいたく》しているという意識がどうしてもある。また釈迦の聖地にきて、敬虔《けいけん》な気持ちにもなっていた。そこで大枚を寄附としてお坊さんに渡した。

「ここで声をかけると、御喜捨はたくさん集まるでしょうね」

私はお坊さんの事業のことが知りたくて、話しかけた。

「そうです。なにしろ釈迦の初転法輪の地ですから。みなさん信用してくださいます。私は別に関係はないんですけどね」

こういってお坊さんは高らかに笑う。私は少し奇妙な気がした。自分のさとりを釈迦がはじめて人に語ったのは、仏教でいうなら自利利他《じりりた》の行のはじまりで、人のために働くという最も大切なことである。そのお坊さんも子供のために学校をつくって利他行《りたぎょう》をし、そうして自分を修行する自利行《じりぎょう》をしているのだ。そう思うからこそ、私も友人も寄附をしたのである。

雑談をしているうちに、お坊さんはこんなふうなこともいいはじめた。

「私はね、インドにきて、パスポートを捨てちゃったんですよ。一生釈迦のおそばにいられれば、それで幸福だと思ったんです。でもですね、この年になってホームシックになってしまって。帰りたくても、もう帰れません。お父さんもお母さんも死んでしまって、誰一人知ってる人はいないんですよ。なんとか密入国でもして、奄美大島あたりの橋の下ででも暮らそうと考えているんですけどねえ。さみしくて、さみしくてですねえ……」

途中から子供たちのために学校を建てるという話は、消えてしまった。お坊さんの心の中のさみしさばかりが、風になってこちらに吹きつのってくる。このことばかりがあまりに印象的で、ほかのことは消えてしまったといってよい。

その夜、バラナシのホテルの部屋に一人でいて、私にもさみしさの風が吹きつのってきた。私はさみしくてさみしくてたまらなくなったのだ。お坊さんのさみしさの風が移ってしまったのだ。

幸福は一体なんだろうと、考えないわけにはいかなかった。

門を開けて外に出よう

2009.10

スマトラ沖地震による巨大津波に襲われた一年後のスリランカに行った。

海の彼方から突然やってきた大波が、津波など聞いたこともない体験したこともない多くの命を奪った。

首都コロンボの南方にあるエンパラリア村では、一度目に午前九時三十分高さ三メートル、二度目に午前九時四十分高さ十メートルの波に襲撃され、引いていく波にさらわれて二千人が死んだとされる。その村は、保養地として有名なところである。

二十四歳の男は、海岸に面した土地にコンクリートブロックで小さな家を建てていた。ここで奥さんと、一歳半と四歳の娘が波にさらわれて行方不明になり、家族では彼一人が残されたのだ。しかも、前の家があったのとまったく同じ場所に新しい家を建てている。通訳を通してではあったが、男は作業の手を休めて私に話してくれた。

「前の通り、ここに店と家をつくっています。はやく商売が再開できるよう、こうして頑張っています。津波は自分だけに災害をもたらしたのではありません。みんなの災害です。百年に一度の災害がきたのですから、もう当分こないでしょう。だから同じ場所に家を建てても恐くはありません」

この楽天は一体なんだろうと私は思った。天地にその身をまかせきっているような感じである。

近くの椰子の林のある海岸で、小舟を海に出す準備をしている男はいった。

「昨日、親戚から船をもらったので、ようやく仕事を再開します。海は恐くはありません。船が小さく二時間しか走れないのが問題です」

聞くと、奥さんと娘二人をなくし、残った一人の娘と暮らしているとのことである。海は恐ろしいはずなのだが、自然とはこういうものだと達観しているのかどうか、彼に恐れている風はなかった。ただ漁が再開できるのを喜んでいる様子なのである。

海岸には線路が跡切れ跡切れに延び、八両の車両が倒れたままになっていた。大勢の乗客が海に連れ去られたきり帰ってこないということだ。人の影はまばらで、静かな村である。海岸近くに建っている寺院を、スリースバッダラーラーマヤ寺という。黄色い僧衣を着け同じ色の袈裟を着けたパンニャー・ナンデ師が、私の問いに答えてくれた。津波の時、寺はどんな様子だったかという問いである。

「津波と同時に村人が大勢走ってきました。菩提樹とお堂の屋根に上った人は助かりました。寺の屋根にもあがりました。水が引くと寺はゴミだらけになりました。遺体がどんどん運び込まれてきて、境内は遺体だらけになりました。生きている人もいて、治療がはじまり、お堂というお堂は病院と避難所になりました。それから何日も何日も炊き出しです。まずお寺の食糧を全部提供して、お坊さんが手分けをして各地に飛んで食糧の調達です。救いを求めにくる人は、すべて受け入れます。私たち僧は自分の居る場所がなくなっても、食べるものがなくなっても、すべて提供します。拒むことは考えられません」

通訳を介してのまだるっこい会話だったが、こんな主旨の話を聞いた。寺という存在の原点を説かれているような印象を、私は持った。

何事かがあったのなら、それが何事かわからなくても、とにかく寺に走る。仏のいる寺こそが救いの場所だからだ。寺を守っている僧たちも、全力でそれに応える。自分たちの生命をつなぐものをなげうっても、とにかく人々を救う。救っても救っても救いきれない衆生を、救いつづけるのだ。

これが寺の原点である。そうであるからこそ、人々は普段から寺に布施をつづける。妻子を失いやっと家を建てはじめた男も、津波の被害を受けた直後、感謝の気持ちを表わすためか涅槃仏の前に燭台を寄進していた。家族を失い、全財産を失い、自分の食べるものもないのにである。自分のことより前に、仏のこと寺のことをしたのである。

その燭台が目にとまった時、私は思わず合掌礼拝をしていた。被害にあって不幸の底に墜《お》とされた男も、寺のお坊さんたちも、みんな菩薩に思えたからである。

ひるがえって、日本の寺ならどうだろうか。一瞬の苦難に遭遇した時、寺に駆け込もうとは思わないに違いない。たとえ心の中で仏に救いを求めてもである。仏教国スリランカでは、嬉しいことでも悲しいことでも、何かあると人々は寺にいく。寺でもすべて受け入れる。そんな習慣があるからこそ、津波という強大にして正体不明の災難にみまわれた時、大勢の人は迷うことなく真っ先に寺に向かったのだ。

同じことが日本で起こり、多くの人が寺を避難先として求めたとしても、多くの寺では門扉が鎖されていて中にはいることはできないだろう。行き先を失った人々に寺が独自に食事をふるまうなど現代では稀にしか考えられないし、遺体が運び込まれたら、多くの僧は運んできた人に抗議をするに違いない。

日本の多くの寺では、檀家となって一定の布施をするかぎり、葬式や先祖供養はやってもらえる。しかし、檀家以外の人はまず断られるだろうし、布施という名の支払をしなければ葬式もやってもらえない。残念ながら、それが多くの場合の現実なのである。

スリランカで人々の暮らしの中心に寺院があるのを見て、私はこんなことを考えてしまった。

葬式をやってくれるのが伝統仏教の寺のお坊さんと思っている人が、私たちの社会にはあまりに多い。もっといえば、葬式さえやってくれればいいのである。お坊さんは枕経を唱えて死者を現世から他界に送り出し、現世に残された人々には諸行無常という別離を説く。この悲しい別離こそ、人が宗教を考える契機となる。僧が葬式を主体的にコントロールし、ここという時に人生の実相を説く。その説法は、釈尊の説いた真理に基づいている。人々は悲しみの中で、仏教の真髄に触れるはずであった。

ところがその葬式すらも、寺や僧から取り上げられてしまったように昨今は感じられるのである。葬式をコントロールするのは、今や葬儀社である。喪主と金銭契約を交わした葬儀社は、葬式の流れに基づいて檀那寺に連絡をし、戒名をもらい、葬儀場に僧を呼んで枕経を読んでもらう。僧は葬式の一部の、与えられた役割を果たしているに過ぎない。つまり、儀式をやっているのだ。

そこにどんな宗教的深淵があるというのだろうか。


私は日本の伝統仏教をおとしめようとしてこの文章を書いているのではもちろんない。私たち日本人には千四百年以上の仏教の伝統があり、生活の端々にまで仏教思想の影響を受けている。戦乱の時代も、精神的な苦に満ちた時代も、仏教は人々とともにあったのだ。人々の暮らしの中には必ず仏寺があり、仏僧がいたのである。そんな状態の中に帰っていきたいと私は願っている。

仏教とは、釈尊の認識の内容である。若い釈尊が、生老病死《しょうろうびょうし》の四苦を感じた時から、仏教の教えがはじまったといってよい。生きるのは、老病死があるので苦しい。人は必ず老い、必ず病気になり、必ず死ぬ。死から逃れる道はないから、どうしたって苦しい。生命に執着し、生きることに執着すればするほど、人生は苦しくなる。そのすべての執着を放ち捨て、生への執着を思い切って捨ててしまえば、死は苦しみではなくなる。この苦を滅するのが、大乗仏教の究極の理想である。その道は必ずあるはずなのだ。

現実の私たちの世界は、お互いの競争がますます激化し、貧富の差は広がり、悪意が満ち、人を殺傷しても痛みすら覚えない犯人による凶悪事件が頻発し、不況のため仕事さえ奪われて生活苦に堕ち、生きることがますます苦しくなってくる。こんな時代こそ仏教は有効に機能するのではなかったのか。

もちろんそれは一人一人の問題である。一人一人の心が時代をつくる。仏教徒の心の持ち方の基本は、聖徳太子が臨終の際に山背大兄王《やましろおおえのおう》をはじめとする皇子たちに残した遺訓の、七仏通《しちぶつつう》戒偈《かいのげ》であると私は思っている。

諸悪莫作《しょあくまくさ》　諸善奉行《しょぜんぶぎょう》　自浄其意《じじょうごい》　是諸仏教《ぜしょぶつきょう》

（もろもろの悪をなさず、もろもろの善を行い、自らおのが心を浄めよ。これが仏教の教えである）

こうして仏教の教えを生きた者は、菩薩と呼ばれるようになる。大乗仏教の究極の理想は、自利よりも広く衆生を救済するための利他の行を実践し、それによって仏となることである。宮沢賢治風にいえば、「ぜんたいが幸福にならないうちは自分の幸福はない」ということだ。人々の苦に正面から向かい合い「おのれ未だ度《わた》らざる前に一切衆生を度す」、つまり自分の救済より人々の救済を先にするという慈悲行《じひぎょう》をする。人々に救いの手を差しのべる利他行《りたぎょう》は、自分自身がこの上ないさとりの境地をめざす自利行が背後になければ成就することはかなわず、自利と利他の両方をともに意識し、思想行為として実現した人を、菩薩と呼ぶ。

この菩薩の行いを端的に語ったのが、多くの宗門の教典の前のほうの頁にあってよく唱《とな》える四弘誓願《しぐせいがん》である。

衆生無辺誓願度《しゅじょうむへんせいがんど》
(生きとし生けるもののすべてをさとりの彼岸に渡すことを誓う)
煩悩無盡誓願断《ぼんのうむじんせいがんだん》
(すべての煩悩を断つことを誓う)
法門無量誓願学《ほうもんむりょうせいがんがく》
(限りない仏の教えのすべてを学ぶことを誓う)
仏道無上誓願成《ぶつどうむじょうせいがんじょう》
(この上ない仏道のさとりに至ることを誓う)

これが菩薩の起こす四つの誓願である。この四弘誓願と七仏通戒偈こそが大乗仏教の基本でありすべてであると私は思っている。原点ではあるのだが、簡単にできることではない。出家であろうと在家であろうとすべての仏教徒がこの原点を噛みしめるところからしか、日本仏教の展開はないのではないだろうか。

そうでなければ、過去の遺産を食い潰していくよりしようがない。

そんなことはわかっている。では具体的にどうしたらよいのか。そんな声が飛んできそうである。問題意識としてはわかっているが、今日の日本の寺がスリランカの村の寺のような存在とは違うところに位置している以上、スリースバッダラーラーマヤ寺と同じことをやれといっても無理なことである。

私は自分を仏教徒と自認しているが、出家ではなく、世俗の中に生きることを旨とする在家の人間である。在家のままでこの俗世の中に文学者としていることに意味があるのだと考えていたが、いろんな縁をもらい、来年あたり在家得度をしようかと思っている。だがそれで私の生活が変わることはないだろう。

その上で、在家の立場から寺やお坊さんたちにものを申し上げようと思う。

日本の伝統仏教のお坊さんたちは遊行《ゆぎょう》ができないのではないか。遊行こそ釈尊がした仏教徒の基本的な生き方ではないか。それが日頃からいいたいと思っていた私からの提言である。

檀家からいつ連絡があるかわからないので、いつも誰かが寺にいなければならない。葬式などに即座に対応するため、住職は遠くに出かけることができない。葬式・法事・朝課《ちょうか》・命日のお経など宗教行事が毎日つづき、法務や檀務を業務としてこなしていかなければならない。朝課などは旅先でやってやれないこともないだろうが、出かけるためには自分に代わる誰かを寺に残しておかなければならない。

それらはすべて、寺を守るということにつながっていく。寺を守るために、お坊さんはいつも寺にいなければならないのだろうか。釈尊や幾多の祖師たちがしたように、自由自在に動きまわって法を説き、上求菩提《じょうぐぼだい》・下化衆生《げげしゅじょう》を実践することが、どうして今日できないのか。法を説くには、できるだけ多くの人に会うのがよい。乞食托鉢《こつじきたくはつ》も、形式だけになっていないだろうか。発心し法を求めるやむにやまれぬ姿を、衆生の前にさらすということもないのではないか。もしすべてのお坊さんが自由な遊行ができ、自利行・利他行をいたるところで行うなら、社会の中の仏教の位置は変わり、当然社会も変わる。

今日、この社会に仏教が必要なことはいうまでもない。競争社会のストレスはいよいよ人の心を締めつけ、人を病気のほうに追いやっていく。老いによる病いではなく、ストレスによる病いは社会から生まれてくる。病苦・生活苦・人間関係の苦に満ち、死んだらむしろ楽になるのではないかと自殺者が年間三万人もいる。死の苦のほうがまだ楽だというのである。一人一人は孤独で、まるで人間一人分の蛸壺を掘ってその中に身体を丸めてしゃがんでいるような感じである。

いつの時代も苦しみが人の世を覆っていたのだろうが、だからこそ苦をともにする仏教が人の支えとなり、今日を生きているのだ。

仏教とは苦を滅する教えである。たとえ今が苦しくとも諸行無常の世で、縁（条件）は片時もじっとしていずに激しく移り変わり、たちまち違う因果となって現われる。苦しい時は、「諸悪莫作　諸善奉行」を行じているかぎり、その苦しみは必ず過ぎていき、よい因果として現われるものだ。そんな初歩のことを多くの仏教徒が教え説くようにいうだけで、自殺を思いとどまる人が何人もいると思われる。

高橋卓志『寺よ、変われ』（岩波新書）によれば、お寺は全国津津浦浦に八万カ寺以上あり、約四万軒のコンビニよりも、同数の小中学校よりも多いというではないか。なんらかの制度を改め、この二十万人におよぶお坊さんたちをある程度寺からの縛りを緩めて、仏教を中心に置いたそれぞれの課題に向き合うようにする。そうすれば大きな力になる。うねる力となる。もしかするとそれは眠っていた力なのかもしれないのである。仏教はそうやってたえず衆生と向き合い、衆生を救い、自らを浄化してきたのだ。その姿を、私はスリランカの村の寺で感じたのである。

仏教は必要とされている。葬式や先祖供養ばかりでなく、苦に満ちた時代の苦を取り除いて生きる力が求められているからだ。伝統仏教の歴史を振り返ると、救っても救っても救いきれない衆生を救いつづけてきた歴史で、今もその過程にあることは間違いない。

社会から隔絶され、あるいは社会とつながらない組織内の論理によって隔絶され、門を閉じることによってなお隔絶され、かつて地域の力としてあった調整能力も失われ、したがって衆生から頼りにもされず、寺の中に引き籠っているのが多くのお坊さんたちの現状のように私には見える。
仏教は今こそ求められているのだから、門を開けて外に出よう、遊行しようと私はいいたい。その一人一人のお坊さんの言動から、伝統仏教の展望はひらけてくるはずである。
そのことを、切に切に望むものである。

2003

聖徳太子の「和」

「和を以て貴しとなし」の十七条憲法の全文は、『日本書紀』にのっている。ここには聖徳太子の理想が高らかに宣言されている。現代語訳を試みてみよう。

第一条　和ということが貴いのであって、むやみに逆らうことのないようにせよ。ところが人はみな党派心がある。達観して大局を見ることのできる者は少ない。だから主君や父に従わず、近隣の人と争うようになる。そうではあっても、上に立つものは〈和《やわ》〉らぎ下に立つものが〈睦《むつ》〉んでいれば、いちいち事をあげつらうこともなくなり、事がらはおのずと道理にかなう。何事も成しとげられないことはない。

「和」というところに、聖徳太子が血でもってつかんだ思想がある。廃仏派の物部守屋《もののべのもりや》との戦争はあまりにも苛烈で、太子は目の前で多くの人が死んでいくのを目撃したことであろう。叔父の崇峻《すしゅん》天皇は、天皇自身の伯父にあたる蘇我馬子《そがのうまこ》の放った刺客により、衆目の前で暗殺された。血で血を洗うような抗争が目の前で展開され、若き聖徳太子はこのようなことからは何も生まれないと、早くから気づいていたはずである。

豪族たちは自分の領地に対する意識は強くとも、全体の国家という概念は持っていなかった。ところが海外に目を移せば、中国大陸は強大な隋王朝によって統一され、隋の考え一つによって、国にさえなっていなかった日本はどのような運命をたどるかわからない状況であった。聖徳太子は世界の中の日本という概念を持っていた当時数少ない日本人だった。

私闘ばかりが相次ぐこの国を一つにまとめるため、聖徳太子が持ってきたキイワードは「和」であった。これは他者を認める仏教の寛容の精神であり、儒教でいう「徳の仁」である。自己にうちかって礼の規則にたちかえることが仁であり、一日でもそれが実現できたら天下の人々はこの仁徳になびくと、孔子は説いた。仏教の影響は明白なことであるが、聖徳太子は当時海外の先端的な思想である儒教も積極的に取り入れ、国造りをはじめたのである。

そこに、仏教や儒教のにおいのついていない「和」という概念を持ってきたところが、聖徳太子の独自性である。「和」は単なる従順ではなく、議論をつくして、その議論の中でおのずから生まれる道理を達成しなさいということだ。そのためにはまず、相手を理解しようという寛容の心がなければならない。心はつねに柔軟で、他人の意見によって自分も変わっていけば、おのずとどこかで調和できる一点が見つかるはずだというのである。

聖徳太子の思想には、根本のところで人間を限りなく信頼する、仏教的な性善説があるのだ。もしかするとこのことが、今日の私たちから最も失われたことかもしれない。

2003.8

月と太陽

出羽三山を開いた蜂子皇子《はちこのみこ》は、能徐太子《のうじょ》ともいう。崇峻《すしゅん》天皇の第一皇子（第三皇子とも）である。崇峻天皇の妹は聖徳太子の母の穴穂部間人皇女《あなほべのはしひとのひめみこ》であるから、能徐太子と聖徳太子とは従兄弟《いとこ》ということになる。

時代は蘇我馬子《そがのうまこ》と物部守屋《もののべのもりや》が戦争を起こし、物部氏は滅亡した後である。蘇我馬子は全盛期をむかえていたのだが、崇峻天皇は蘇我氏の血が流れているにもかかわらず、蘇我馬子には必ずしも従わなかった。

そこで馬子は刺客を放ち、崇峻天皇を暗殺した。蜂子皇子は従弟の聖徳太子のすすめもあり、その夜のうちに出家して出羽に逃れたとの説がある。また一説によれば、先々代の敏達《びたつ》天皇の時代に、蘇我氏の横暴をさけて聖徳太子のすすめにより仏門にはいり、弘海と名のり、聖徳太子の父の用明《ようめい》天皇の御代に諸国遊行《ゆぎょう》の旅にでたともされている。

どちらにせよ出羽《でわ》国由良《ゆら》の港に着くや、三本足の大烏《おおがらす》が飛んできた。大烏に導かれていくと、老木の繁る鬱蒼《うっそう》たる森にはいっていった。そこは現在の羽黒の阿古谷《あこや》であったが、もちろん当時は地名はない。

山中で岩窟に籠《こも》り、葛《くず》の衣を着て、木の芽や草の根を食し、修行をつづけた。ある時、猟師が山にはいると、苔《こけ》むした岩が読経をしているように聞こえた。それが蜂子皇子であったのだ。こうして苦行を積んでいるうち、羽黒《はぐろ》の大神《おおかみ》の御出現を拝した。月山《がっさん》の頂で月山大神を拝し、湯殿《ゆどの》山では湯殿山大神の霊徳を感受した。こうして皇子は、自分を導いた三本足の大烏にちなみ、修行した山を羽黒山と名付けたと伝えられる。

時が移り、聖徳太子は推古天皇の摂政《せっしょう》として日出《ひい》づる国の皇子《みこ》と自らを名のった。一方、奥州の羽黒山にいた蜂子皇子は、まさに月であった。

太陽の聖徳太子と月の能徐太子と、血のつながった二人が日本の東西の宗教地図を構成していたのである。

VI

円空と木喰行道

すり減った顔の下の微笑

2009.4

北海道の西海岸は円空《えんくう》仏や木喰《もくじき》仏の多いところである。

日本の仏教には大きく分けて二つの流れがあると、私はかねがね考えている。法隆寺や東大寺に代表され、天皇や貴族や武士や国家などの権力者によって建てられた大伽藍を擁する国家仏教と、もう一つは行基に代表される聖《ひじり》の系譜である。聖は身一つで民衆の中を遊行し、一人一人が名を残したわけではないが、人々の間に深い影響を残している。

遊行聖《ゆぎょうひじり》の中で、作仏聖《さぶつひじり》と呼ばれる廻国聖《かいこくひじり》たちがいた。その代表が生涯一万二千体の仏像を刻んだ円空であり、微笑仏の木喰行道《ぎょうどう》だ。彼らはそのへんの木っ端に仏を刻んでは旅をつづけたので、残された仏によって、彼らの遊行の行程が明らかになる。私は二人の作仏聖の跡を追って何度も旅をした。

円空が蝦夷地渡りをしたのは、三十五歳から三十七歳の頃で、人生のうちで最も力のみなぎっている時代であった。だがその寛文六（一六六六）年から寛文八（一六六八）年の頃は、作仏聖としてはまだ初期である。

私がその地にいったのは、円空の時代からは三百五十年近くも後のことである。かつてこのあたりが和人のはいることのできる北限であり、そこから先は蝦夷地であった。円空は西海岸の熊石《くまいし》にも、東の天涯である有珠《うす》にも足跡を残し、そこに仏を安置している。

熊石歴史記念館にいった時、私は衝撃的ともいうべき体験をした。ガラスケースの中に、ぼろぼろになった木彫の仏像が納めてあり、来迎《らいごう》観音と札が出ていた。顔などすり減って表情はまったくわからなくなっているが、衣紋や蓮台などは刻んだ筋がわずかにわかり、円空仏であるとの判断がつく。

館長の厚意により、私はその観音像を持たせてもらった。乾き切った観音像は骨のように軽かった。その軽さも、触感として私には衝撃だったのだ。

顔はすり減ってのっぺらぼうである。胸にも無数の傷がついている。本来ならもう打ち捨ててしまってもいいようなものだ。そうではあってもも円空仏であることには誰も疑いをいれることはできない。

何故ここまでぼろぼろになってしまったのか。この仏は一身に人の苦しみを背負ったのである。それが円空自身にとっては生き方の上での望みでもあった。

円空が訪れた時代のその場所は、海岸線に鰊場《にしんば》が開かれて間もなかった。一攫千金《いっかくせんきん》を求め、内地から人々が殺到したのである。鰊が産卵のため浜に寄せてくる春の群来《くき》の季節には、人も浜に押し寄せ、海岸線には鰊場が開かれた。その鰊は食料ばかりでなく、乾燥されて乾鰊《ほしか》に加工され、肥料となった。全国的に篤農家によって農業の改善が行われ、藍や木綿や麻などの特産物がつくられ、乾鰊はその根底となる金肥《きんぴ》とされた。遠い蝦夷地の鰊漁が、全国の農業生産を根底から支えていたのである。

漁民がたくさん集まれば、鰊蔵《にしんぐら》ばかりでなく、鰊売屋や泊り宿などもならび、銭が飛び交う。三味線の音なども鳴り響いたであろう。その中心が熊石よりやや南に下った江差であった。鰊は季節のものだから、漁民たちは出稼ぎ人が多い。幼子を含めた家族ぐるみでくる人もあっただろう。銭が動けば商人が集まり、掛売屋という一杯呑屋がならぶ。そこには遊女もいたから、血気盛んな漁師たちの間では喧嘩もおこり、刃傷沙汰もしばしばであったろう。

衛生状態がよいはずもないから、当然伝染病が発生する。記録によればチフスと麻疹《はしか》が大流行し、子供を先頭にして人がどんどん死んでいった。医療もなかったろうから、人は祈るよりほかに方法はなかった。

子供が列をなして死んでいく地獄絵の中に、廻国聖の円空も、その約百年後に訪れた木喰行道も、自らすすんで旅をしていったのだ。彼らのできることは、木っ端に仏を刻んで人々の中に残していき、あとは仏におまかせすることだ。ことに木喰行道は、この土地にきて六十一歳で突然仏を彫りはじめている。

熊石の隣りのせたな町には太田権現という岩窟になった霊場があり、円空が彫って納めておいた仏たちを、木喰行道が見て大いなる衝撃を受けたのだといわれている。木喰行道は太田権現から江差への街道沿いの寺に、はじめて彫った子安地蔵を残している。それは技術もない稚拙といってもよい素朴なつくりなのだが、切実さが籠っている。彫っているのはすべて死んだ子供を阿弥陀如来のもとに連れていくという、子安地蔵である。地蔵菩薩は阿弥陀のように如来にもなれるのだが、救っても救っても救いきれない衆生を救いつづけようと、菩薩として地獄にとどまろうと誓願した仏である。ことに子供を救う子安地蔵をつくりつづけた木喰行道は、死んで地獄にいく子供をたくさん目撃し、なんとか救いたいとの誓願のために作仏をしたのだと私には思える。

江戸時代の旅行家菅江真澄は、太田権現の岩窟にたくさんの円空仏があったことを記録している。木喰行道に深い感銘を与えた後、その円空仏は消滅している。石窟で修行をした行者が、厳しい冬の暖をとるために薪木として燃やしてしまったのかもしれない。円空にとっては、そうされることも衆生への功徳だと考えるのではないだろうか。

円空の旅も、熊石歴史記念館ののっぺらぼうの来迎観音によって想像することができる。円空は鉈《なた》を握って、いとも簡単に木の中から仏を彫り出し、惜し気もなく人々に与えたに違いない。そうして彫られた観音菩薩や地蔵菩薩は、若衆たちによって小舟にのせられる。その小舟はベンザイと呼ぶ帆前船をめぐり、小銭を強制的に奉納させたかもしれない。もちろんその銭は若衆たちの酒代に消えたことであろう。本人たちは乞食《こつじき》の風体であっても、作仏聖たちのつくり出す仏はそれはそれで畏敬されたはずである。

円空が彫った観音菩薩にも、深い意味が籠っていると考えられる。円空はこの時期、蝦夷地でたくさんの観音像を残している。この観音は、阿弥陀如来の脇侍で、勢至菩薩とともに三尊仏のうちの一つだ。人が死んで極楽往生する時、三尊が来迎する。観音が死者に近づいていき、蓮台を寄せていく。これが来迎観音である。勢至は手をさしのべ、死者の頭を撫ぜて蓮台へと導く。すると観音が蓮台の上に死者をすくい上げるのである。蓮台は死者をのせていく乗物で、こうして死者は阿弥陀如来に導かれて極楽浄土へと向かうのだ。

円空がこの地に観音をたくさん残しているのは、まわりに死にゆく多数の人がいたからではないだろうか。その人々を救うには、三尊仏にお願いして死後に浄土に導いてもらうしかない。作仏聖として、できることを精一杯にやったということである。

来迎観音とは、人々を最終的に救う菩薩である。顔がすり減ってぼろぼろになっているのは、病人や死人をだした家の前を観音像に紐をつけて引っぱりまわし、悪いものを持っていってもらおうとしたからではないだろうか。きっと大勢で観音経を唱え、また御詠歌などを唱えて、村中を引きまわし、最終的には河原から川に流す。円空の彫った仏たちは、苦難を自らの身に背負って流し去る役割を果たしたのである。

川に流された仏は、海に流れ込み、鰊網などにかかる。その仏は、海難事故で亡くなった死者、つまり戎《えびす》さんの身替わりにも見える。戎さんを見ると大漁だとされ、この世に残された人間に福をもたらすとされているのである。戎さんはねんごろに葬られなくてはならない。こうして悪いものを背負って流された来迎観音は、陸地に戻されてもとの神社に納められる。このことを何度もくり返さなければ、あんな苦難の姿は出来上がらない。
あのすり減った顔は、微笑んでいるかのように見える。私には至上の美と感じられるのだ。

2003 秋

木喰仏を削って飲む

私もまた木喰行道にひかれて旅をつづけてきた。木喰が最初に作仏をしたといわれている北海道の熊石町の門昌庵にいく前に、私は真言僧の木喰行道が山岳修行のため訪れたという太田権現の石窟にも登ってみた。海岸から急な山道がいきなりはじまる太田権現は、標高のわりに難所である。最後に輪になった鎖に一歩一歩と足を掛けて崖をよじ登っていくと、崖の途中にぽっかりとあいた窟《いわや》がある。ここからの日本海の眺望は、正面に奥尻島をのぞみ、まことに雄大である。

江戸時代の偉大な旅行家菅江真澄によると、この窟には数十体の円空仏が安置されていたという。木喰がくるよりおよそ百年前、円空はこの窟に籠って作仏をしたのである。誰に見てもらおうというのではなく、ただ祈りのための、ただ己れの修行のための、純粋行為としての作仏である。円空仏は修行者が暖をとったときの失火が原因なのか、盗難なのか、すべて失われてしまって一体も残っていない。だが円空仏があったという記録は残っているのである。

太田権現とは、おそらく仏教が浸透してからの命名であり、それ以前はアイヌの聖地であった。太田権現はすでに蝦夷地であり、和人《シャモ》は足を踏み入れてはならない土地であった。円空といい、木喰といい、世捨て人であったから、飄然としてやってきたのであろう。行く雲のごとく、流れる水のごとく、流れ流れていったのである。

太田権現の入口にあたる熊石が、和人がはいれる限界の松前藩の領地であった。太田権現から熊石に下ってきた木喰は、突然木に仏を彫りはじめる。円空の強い影響があったと考えるのが自然であろう。

この時期、熊石や江差にかけて、木喰が彫ったのはもっぱら子安地蔵である。地蔵菩薩は法蔵菩薩が衆生救済のため四十八願を発し成就して阿弥陀仏になったようには如来にならないと誓願を立て、もっぱら菩薩として地獄にとどまっているのである。救っても救っても救いきれない人々を、地獄で救いつづける。これが地蔵菩薩の誓願である。

子供として死ぬということは、非業の死をとげるということだ。悲しい子供を救っては、西方浄土の阿弥陀如来のもとに送り届ける。それが地蔵菩薩の役目である。

後に木喰は子供を抱いた地蔵菩薩を彫るようにもなるのだが、この時期には技術が未熟なせいか、子供の象徴ともいうべき宝珠を抱いている。宝珠は丸い玉なのだから、彫るのは簡単である。この時期の木喰のお地蔵さんはつぶれたような顔で、表情にも乏しく、いかにも稚拙である。だがその分、仏を彫らなければならないという切迫した心の動きが感じられる。

仏を預けられた寺々が、本堂に大切に祀っていることでも、仏を彫らずにはいられなかった精神性が感じられる。木喰が遊行した時代、松前藩の日本海側は新しく開かれた鰊場《にしんば》であり、多くの人が労働者として流れ込んできた。もちろん労働環境は劣悪で、子供も麻疹《はしか》や天然痘でどんどん死んでいった。木喰はそれを目のあたりにした。木喰の腕の中で死んでいった子供もあったろう。この子たちを救わねばならないと願うのは、仏教者としては当然のことである。

技術などは二の次である。死んでいく子供たちを救うために、木喰は彫って彫って彫りまくったのだ。木喰仏は祈りの感情があからさまにでている。修練を積んだ職人的な仏師とは違う、稚拙には違いないのだが、祈りの形が誰にでもわかるあけっぴろげさがある。それが多くの人を魅きつけてやまないところだ。つまり木喰は、作仏をしなければいられなかったのだ。

江差、熊石のあたりを歩くと、木喰仏は家庭の中に深くはいっていることがわかる。海岸の際のある家で、私は三十センチほどの木喰仏を見せてもらったことがある。材料は薪木である。お産をする時、この子安地蔵で妊婦の腹を何度もこすると、安産になるということだ。

「私も子を産む時はそうしましたよ。今でも近所の奥さんが借りにきます」

その家の奥さんはこんなふうに話してくれる。訪ねてくる人には誰でも見せるが、そのお地蔵さまは大切に仏壇にいれてある。木喰仏は生きているのだ。

私が木喰をめぐる旅をしている時、こんなことがあった。江差に正覚院という曹洞宗の寺院があり、松村俊明住職に私はこんなことをいわれていた。

「木喰仏なら、近所のあっちこっちにある。うちにもあるよ。粗末にするといけないから、お寺で預かってくれって、持ってくるんだ。うちに泊まって見ていったらいい」

私は住職の言葉に甘えることにした。その日は摂心《せしん》明けの日であった。曹洞宗では釈迦がブッダガヤの菩提樹の下で一週間の坐禅修行をしたことにちなんで、一週間の厳しい坐禅修行をし、ちょうどそれが明けた日ということである。永平寺などの本山では睡眠時間もない苛烈な修行をするのだが、江差の正覚院では近所のお爺さんお婆さんを集めて、住職が説法をする。その後、近所の人が持ち寄った御馳走を食べるのである。

住職は午前中はどうしても身体があかないから、昼食に待ち合わせしようということになり、私は町内の寺院をまわって木喰仏を見た。そして、昼食のために街のレストランで待っていると、住職があたふたと駆け込んできた。住職は息せききっていう。

「出た。木喰仏がでたよ」

新発見をしたと、住職はいっているのだ。住職の話はこうである。

「説法の折に、今こういう人が木喰のことを調べにきてるんだって話したんだ。すると前に坐ったお婆ちゃん同士がごちゃごちゃいってるんだよ。なんも、方丈《ほうじょう》さんが持っていくわけでもねえから、見せてやれって。話を聞くと、仏壇の中に誰にも見せていない木喰仏があるっていうんだ。今確かめてきたんだけども、本物だったよ」

それから私は住職の案内でその家にいった。ごく普通の民家で、ごく普通のお婆さんだった。興奮しているのは、住職と私ばかりであった。お婆さんは仏壇の中に手をいれ、木箱を取り出した。小学生がつくったような、手製の粗末な細工の箱であった。くるんである脱脂綿をはずすと、中から二十センチほどの木製のお地蔵さんがでてきた。まぎれもなく木喰仏であった。薄く漆がかけてあり、保存もよい。

「私が嫁にきた時、八十歳のお祖母《ばあ》ちゃんが大切にしていたのさ。だから私も大切にしている。お祖母ちゃんのそのまたお祖母ちゃんかどうかわからないけども、なんでも旅のお坊さんがきて、これはありがたいものだから大切にしろって置いていったんだって」

説明はそれだけである。旅のお坊さんとはもちろん木喰行道のことだ。木喰行道その人はとうにこの世のものではないのだが、木っ端に彫りつけた仏は生きている。今でもあっちの家こっちの家の仏壇の中で生きているのである。

正覚院で見せてもらった木喰仏は、ねずみに齧《かじ》られたような跡があった。松村住職によると、このような跡のある木喰仏が多くて、薬のかわりに削って飲んだということだ。辺地にあって病気の子供を救う手だてのない人が、木喰仏に文字通り救いを求めたのだ。

木喰仏が残っている一番南の宮崎県の西都《さいと》でも、私は木喰仏を削って飲んだ形跡を見た。等身大より大きな木喰の自刻像は、表側がすり減ったかのようにのっぺりしている。これも削って飲んでしまったのだ。

これは人々が仏に救いを求めた究極の姿ではないだろうか。

2000.7

真言僧　木喰行道

諸国を遍歴し、各地に微笑仏を残した木喰行道は、真言僧である。木喰戒とは米、麦、粟、黍《きび》、豆の五穀を断ち、火を通したものを食べない。塩、醤油、味噌などの調味料もいっさい口にしない。食べるものといえば蕎麦、胡麻、橡《とち》、栗、それから竹の実や草の根などである。なぜこんなことをしたかといえば、人々と苦しみをともにするために、生きながら餓鬼道に堕ちたのである。

木喰は諸国遍歴をしながら、和歌らしきものを詠んでいる。時に稚拙さもまじるのだが、心の内が案外率直に表白されている。

木喰のけさや衣はやぶれても
　まだ本願はやぶれざりけり

いつまでかはてのしれざるたびのそら
　いづくのたれととふ人もなし

三界をのぞいてみればあめがした
　ぬれた姿はみじめなりけり

こんな心境を詠んだほかに、信仰のあからさまな告白のような歌もある。

木喰もしを（塩）みそ（味噌）なしにくふかい（空海）の
　あじ（阿字）の一字の修行なりけり

木喰の心のうちをたづぬれば
　阿字観ならでたのしきはなし

法心（身）の心のかたちながむれば
　さながら阿字のかたち成《なり》けり

木喰の鼠衣《ねずみごろも》につつみをく
　阿字の一字ぞあらはれにける

阿字観が木喰行道の信の中心であった。阿字とはアルファベットのａで、梵字では𑖀と書く。これは万物の起源を象徴した文字で、不生不滅である。一切万物のあらゆる事象を梵字の阿に収めている。阿とは万物の源の大自然であり、「一切法一心、一心一切法」としてこの大自然は私たちの心に宿るのだ。

密教的な宇宙観を持って旅に明け暮れていた木喰行道は、鎌倉時代に生まれた新仏教を痛烈に批判している。その批判は感覚的なものであるが、だからこそ彼の心の内のことをそのままだしている。木喰行道はまぎれもない真言僧だったのである。

念仏は真言阿字のふかみなし
　ひげだいもくはにてもやいても

念仏にこゑをからせどおともなし
　みだとしゃかとはひるねなりけり

ざぜんしてものをいわぬかあほうもの
　己の心みつけざりけり

他の宗派に対する偏見もはなはだしいのだが、熱烈なる信仰とはこういうものなのである。してみるなら、木喰行道は熱烈なる真言行者ということになる。この木喰戒も五穀を断って即身成仏していった弘法大師空海の生死にならったのであろう。生きながら餓鬼道に堕ちる木喰戒とは、生死の境界線上をさまよい歩く行なのである。そのことが大自然の根源に今自分は立っているのだという自覚を、木喰行道にもたらしたに違いない。

木喰行道は一介の遊行僧にしかすぎなかったのではあるが、いつしか稚拙ながら仏を刻みはじめたのは、円空の影響だろうと考えられている。円空仏を木喰行道が拝礼しただろうということは、二人の旅の行路を見れば簡単にわかるのである。円空の生年は、木喰行道が生まれるに先立つこと八十六年である。このぐらいの歳月ならば、円空仏はあちらこちらにまだ相当数残っていたはずである。同じ遊行僧として、木喰行道は円空の残した仏像に大きな影響を与えられたという推論が成り立つ。

木喰行道が蝦夷地に渡り、江差から当時蝦夷と和人《しゃも》の領地の境界に位置していた熊石にある太田権現にお参りしたのは、安永七（一七七八）年のことである。木喰行道六十一歳の時で、蝦夷地には二年間滞在した。

木喰行道は廻国聖であり、書写した法華経を六十六カ国の霊地に納める六十六部の行者でもあった。木喰行道が蝦夷地で最初に納経したのは「奥州松前庄熊石邑《くまいしむら》　太田山本地大日如来門昌庵」であった。門昌庵は太田権現の納経受付をしていたのである。

寛政元（一七八九）年、木喰行道が太田山にお参りした十一年後に菅江真澄がこの地を訪れ記録に残している。「蝦夷喧辞弁《えみしのさへき》」にはこんな記述がある。

「斧作りの仏、堂のうちにいと多くたたせ給うは、淡海《おおみ》の国の円空というほうしのこもりて、をこなひのいとまに、あらゆる仏を造りをさめ……」

私は太田権現の厳しい窟《いわや》に登ったことがある。海岸から急勾配がはじまり、それほど高度はないにしろ峻険さはひとしおであった。修験の行場としてはいかにもふさわしいところだ。本来はアイヌの聖地であった。海上を航行する時には、洋上から必ず礼拝するのが今でもならわしである。やがてこの地に廻国聖たちによって仏教がもたらされ、円空も大日信仰、地蔵信仰、観音信仰の霊地として参拝したに違いない。窟の祠《ほこら》は火事で焼け、その時に円空仏も燃えてしまったらしい。焼ける前に太田山を訪れ、たくさんの円空仏に接した木喰行道は異常ともいうべきインスピレーションを受けた。記録が残っているわけではないのだが、そう推論するのが今では一般的になってきた。

熊石町の浄土宗法蔵寺に残る地蔵菩薩像は、木喰仏の最も古いものであり、しかも二メートルを越える大作だ。しかしながら、このお地蔵様は微笑はしていない。顔が大きく、猪首《いくび》で、素朴なつくりである。左手に宝珠、右手に錫杖を持っている。一生懸命に刻んだことはわかるのだが、その後の自由闊達な鑿《のみ》づかいから見ればずいぶん硬い。この地蔵菩薩が最も早い作仏だということは間違いないであろう。

背後には木喰行道の筆による墨書銘がはいっている。中央に、地蔵菩薩の真言の梵字オン・カ・カ・カ・ビ・サンマ・エイ・ソ・ワカで、その両側に法華経観世音菩薩普門品の一節、慈眼視衆生、福聚海無量とある。年号は、安永九年四月二十四日だ。門昌庵に納経してから二年の歳月が流れている。この二年間が、木喰が蝦夷地で悩み苦しんで修行をした歳月である。

当時の蝦夷地は有珠山が噴火し、松前大島が噴火して日本海一帯に大津波が起こり、大飢饉が発生して津軽から多数の農民が逃散してきて、麻疹《はしか》や天然痘が大流行して子供たちがたくさん死んだ。この世に地獄を見るような時代であったのだ。鰊の群が海岸に押し寄せ、人もたくさん集まったが、海難事故も多発した。亭主が死んで未亡人になった女たちは子供を抱えて私娼になり、新鱈《しんたら》とか、カド（鰊のこと）と呼ばれ、梅毒で死んでいった。

生きながら餓鬼道に墜ちた木喰行道は、衆生の済度をなしとげた法蔵菩薩が阿弥陀如来になるような生き方をとらず、あくまで菩薩として地獄にとどまっている地蔵菩薩の生き方に、深い共感を覚えていたのではないだろうか。この時期、まだ巧みではない手の動きをしつつ木喰行道が刻む仏は、ほとんどすべてが地蔵菩薩なのである。

円空の長良川

円空の入定塚《にゅうじょうづか》といわれるところが、関市の長良川河畔にある。生涯十二万体の仏像を彫り、救っても救っても救いきれない数の人々を救いつづけてきた円空は、すでに生きている菩薩であったが、なお即身成仏をとげようとした。生きながら仏になって生涯を完成させようとしたのである。

五穀断ちをして、身体を清浄に保ち、生きたまま棺の中にはいって埋められた。村人は地面に耳をあて、地中から読経の声を聞いた。その声が聞こえなくなって、円空の死を確認したのだという。

全国を遊行して作仏をし、故郷の美濃に帰って即身成仏をとげる。なんとも激しい生き方であり、激しい死に方だ。

円空入定塚のすぐそばを流れる長良川は、そんな人物がここにいたことを知ってか知らずか、豊かな流れを保っている。この長良川は、小瀬鵜飼《おぜうかい》が行われ、人が集まるところだ。私は鵜飼をする鵜匠の船に乗せてもらったことがあるが、円空のことを考えないわけにはいかなかった。

2006.10

*

『水晶の森に立つ樹について』あとがき

2001.6

山尾三省さんが都会の雑踏を抜け、私の小さな事務所にやってこられた時、私は屋久島の森の中にある山尾さんの書斎を思い浮かべた。そこは絶えず小鳥の囀りが聞こえ、森の深い気配が濃密に漂っていた。私たちの心の底にある宗教性や、私たちが生きるこの時代について語り合うのに、まことにふさわしい場所である。知慧の泉がいくらでも湧いてくる聖地のように思え、沈黙さえも瞑想になった。それにひきかえ、一昔前の学生下宿のような六畳の部屋で、雀やカラスの声は聞こえるものの瑠璃の小鳥の姿などついぞ見られない都市空間の中で、どんな話ができるのかと不安であった。しかし、これが私の暮らしている都市なのである。

都市というのは人間の森であると、かねがね私は思っている。人が集まってきて、自然発生的にできた空間だ。少しでも居心地よくするために、そこは人間に似ている。限りない悪も、その中にしか生まれない無限抱擁のような善も、都市には存在する。人間は自然という法《ダルマ》の中では過剰な存在で、だから人間のつくった森は本当の自然の森にくらべて振幅が大きい。もっといえば極端なのである。自然が穏やかで安楽な世界だとはもちろん私は思わない。一瞬も気の休まらない弱肉強食の恐ろしい世界なのだが、人間のすることにはもっと振幅がある。都市には限りない慈悲も、底知れぬ無慈悲もある。だからこそおもしろいのだし、住んでみる価値があるというものだ。

森の中であれ、大都会であれ、私たちに必要なのは生命の実相を探究することである。それ以外のことは、たいして意味がないと考えてよろしい。

「無常迅速、生死大」

道元風にいえば、こういうことである。時はたちまち過ぎ去っていくのだから、生死《しょうじ》をきわめることが最も大切であるということだ。安閑と過ごすことはできないのである。物事の究極の思考をなおざりにしていると、死が目の前にたちまち立ちはだかり、わけもわからないうちに重大な局面が訪れる。静かな森に暮らそうが、喧噪の大都会で生を紡いでいようと、どちらでもよいことだ。どのようにして生命の実相を見ていくかしか私たちに生きるテーマはなく、そのことの無言の合意のうちに山尾さんと私の対話は実現したのである。対話は相手の発言をさえぎるなどということは一度もなく、親愛の情に満ちたものであった。言葉が行き交うごとにたくさんの贈り物をもらうのは、嬉しい。雀やカラスの声さえも、極楽浄土にいるという迦《か》陵頻伽《りょうびんが》の歌声に聞こえるのだった。

こうして充実した時間を過ごし、日々の巷塵の生活に戻っていた私のところに、山尾さんが重度の癌におかされ手術ができないところまで進行していることが発見されたという知らせが届けられた。南無の会が発刊する月刊誌『ナーム』に、私は自分自身が心読するために「白い睡蓮はいかに咲くか――法華経を物語りなおす」として、法華経を平易な言葉に直す仕事をかれこれ三年間つづけている。その同じ雑誌に山尾さんは「日月燈明如来の贈りもの」として、日常の感覚を忘れない宗教論を連載しておられる。そのエッセイを読めば山尾さんが何を考えてどう行動しているかわかるので、私は毎月楽しみにしている。そこに自分の癌のことを正直に書き、山尾さんの文章を心待ちにしている多くの人たちに衝撃を与えた。

「特にぼくの場合は、西洋医学的な治療は多少の薬をもらっているほかはなにひとつしてはおらず、湘南に住む自然治療師の友人からの時々の電話による指示を受けることと、毎晩一時間半から二時間の妻の手による生姜湯湿布と枇杷の葉温灸（温圧ともいう）のくりかえしを受けることのほかは、取り立てて治療らしい治療をしているわけではない」（二〇〇一年四月号）

山尾さんは平静な筆の運びでこう書く。病気がこれからどのように推移していくのか、あるいは消滅するのか、私にはまったくわからない。山尾さんは法《ダルマ》に身をゆだねているのだ。二冊分の対談をした後で、私にははっきりとわかるのである。

対談の中にしきりにでてくる現成公案《げんじょうこうあん》とは、日常生活を送っている私たちの目の前には、絶対の真実が実現しているということをいった言葉である。現象世界はすべて活《い》きた仏道である。仏道を学ぶことは自己を学ぶことであり、つまり無知となって自己のはからいを捨てることである。生姜湯の湿布と枇杷の葉温灸をする山尾さんは、もともと自己の内にある法《ダルマ》に身を預けようとしている。それをさとりの境地というのだろうが、さとりから遥かに隔たっている私などはつい心配になる。しかし、その場所は、山尾さんだけの道場なのである。私も、ほかの誰かも、その場所にはいることはできない。

こうして対話の原稿に手をいれ、後記を書いているところなのに、また山尾さんと心ゆくまで語り合いたいという気分になってくる。語れば、私自身が向上するからである。語る場所も私には道場なのだ。

『瑠璃の森に棲む鳥について』と同様、今回も本間千枝子さんと浅見文夫さんに大変にお世話になった。感謝申し上げるしだいである。

2001.10

森を照らす日月燈明如来

山尾三省さんが死に向かって確実に歩むその一歩一歩とともに、この何カ月間私も歩いてきたような気になっていたのだった。一年前の夏になろうとする季節に、私は屋久島の山尾さんの書斎にいき、二泊三日にわたり詰めた対談をした。次に夏が終った頃、山尾さんが東京の私の事務所にやってきて、対談のつづきをした。それは「宗教性の恢復」とそれぞれに副題のついた二冊の本、『瑠璃の森に棲む鳥について』と『水晶の森に立つ樹について』(文芸社)になったのである。その二冊の本の校正刷りがでて、なにやかやと連絡をとりあわなければならない時、編集者より山尾さんの身体に癌が発見されたと知らされた。その癌は思いがけず進行していて、外科手術による処置はすでに手遅れであるとのことだ。山尾さんは奥さんの手による生姜湿布と枇杷の葉温灸を毎晩一時間から一時間半受けているということだが、取り立てての治療というのでない。

　山尾さんとは手紙をひんぱんにやり取りしたわけではない。月刊誌『ナーム』に山尾さんは「日月燈明《にちがつとうみょう》如来の贈りもの」を連載していて、日々の宗教的な認識について書いているのだが、身辺雑記ふうの文章もまじっていて、それで山尾さんの病いの状況を知ることが多かった。もちろんその連載とは、本書（『日月燈明如来の贈りもの』水書坊）のことなのである。日月燈明如来という万物の根本認識について情感豊かに書かれるはずだった本書は、山尾さんの死の影がまるで清浄な光のように射してきて、死に向かっての自己確認の記録のようになってきた。死への実践録とでもいったほうがよい。自己の死に向かっての山尾さんの清明な認識は、まことに美しさに満ちていて、多くの人を感動させずにはおかない。

　これが最後になるだろうと山尾さん自身も覚悟し、まわりの人もそのように受けとめた文章は、なんと軽やかで透明感に満ちていることか。お茶を飲みながら机に坐ってペンを走らせたのではなく、死の床に横たわり、奥さんに口述筆記をしてもらい、書き留められた原稿を重い手を動かして推敲したのであろう。身を削るような難儀きわまりない作業であったはずだ。

……眠る時間が来ると一人一人を抱きしめて、

「お休み」

と声に出していいながら、背中をたたいて挨拶をしてみた。

するとどうだろう、それまで重苦しく沈んでいた家の中の空気がひと息に明るくなり、子供達一人一人も満足をして寝床に向かったのであった。――（略）

子供達がすべて眠りについてしまい、成人した息子も自分の家に帰ってしまうと、妻とぼくは二人きりになり、一日の最後の治療に取りかかった。

眉間にしわを寄せて苦しみつつ暮らすのも一日暮らしなら、その包囲網をちょっとだけ打ち破って暮らすのもまた一日暮らしの特徴である。もうこだわることは何も残されてはいないのだから。


山尾さんがこの世に最後に書き残した言葉を原稿用紙の桝目にていねいに書き写しながら、私は涙を誘われる。法《ダルマ》の流れに身を寄せて、生きて穏やかに死んでいった男がここにいる。騒然とした恐れは胸の内にしっかりと仕舞ったのかもしれないが、山尾さんには生への執着を法《ダルマ》の前に断ち切る力がある。煩悩と執着にまみれた人の生と死とでは絶対になくて、本物の宗教者らしい安心《あんじん》の境地を感じることができて感動する。

手を振ってこの場から去っていくような山尾さんの軽やかな態度を見ていると、死とはもちろん終末などではなくて、再生のための儀式であるかのようにも思えてくる。そのように、山尾さんは笑って死んでみせてくれたのである。まるでブッダのように……。

かつて書いた自作の詩「一日暮らし」を、山尾さんは引用する。山尾さんに呼びかけるリフレインとして、私もここに半分だけ引用しよう。

山に行って
山の静かさにひたり
お弁当を　食べる

ツワブキの新芽と　少しのヨモギ
薪にする枯木を拾い集めて　一日を暮らす

一生を暮らす　のではない
ただ一日一日
一日一日と　暮らしてゆくのだ

一生と考えるから死は終焉であり、苦でしかない。一日一日と暮らすのならば、連続性など問題とはならず、したがって死もさしたる重要問題ではない。この澄み渡った心境は、日々の営みの中に法《ダルマ》をはっきりと見た人のものである。

本当のことをいえば、私は山尾さんともっともっと語り合いたかったのである。宗教性の恢復という限定されたテーマを持ってきているのに、語っても語っても言葉は際限もなくあふれだしてきた。あの二冊は私が山尾さんと語り合いたいために立てた企画であったのだが、少なくとももう一冊分は言葉を交わしたかった。「次は我々の死について語りましょう」と、すでに発病した山尾さんを励ますつもりで、私ははがきを書いた。だが山尾さんには諸行無常というブッダの絶対認識の法《ダルマ》に身を寄せていくという時間しかこの世では残されてはいなかった。

日月燈明如来とは、この世のはじまりの時に法華経を説き、滅するとまた日月燈明如来が現われ、それが二万代つづき、この世で最後に法華経を説いた日月燈明如来は、身も心も余すことなく滅して完全なさとりの境地にはいった。法華経にはそのように語られている。確かに法華経には登場するのだが突然に現われて去っていくばかりのよくわからない日月燈明如来について、私などは完全に見落としていたのである。この如来をかつて注目した人がいただろうか。ましてこの如来について一冊の書物をものにしてしまうとは。すべての仏や菩薩には実体があるというのは山尾さんの持論で、私もそのとおりと思うのだが、いわれてみれば日月燈明如来の意味は深い。

日月燈明如来とは、ぼく達の太陽系がこの銀河系宇宙に出現して以来の四十六億年間、日々に東より出て西に沈む太陽であり、日々に満ちてきては満月となりやがて欠けていく月そのものにほかならない。

昼を照らす太陽と、夜を照らす月の両者が一体となって、天地の法《ダルマ》そのものを、人類がここに出現するとしないにかかわりなしに、日月燈明如来として無言の内に日夜説きつづけてきたのである。

ここには長い時間を森で過ごしてきた人らしい直観がある。山尾さんは山川草木に精霊を感じるアニミズム的感性の豊かな詩人なのであるが、その直観が宗教的な習練をともなって、独特の言語世界をつくり上げてきた。日月燈明如来といった時、この宇宙に人格が生まれる。仏や菩薩は私たちを取り囲む自然の人格化ということなのである。

日は昇って沈み、月も昇って沈む。日も月も永遠の運動をしているのだが、昇っては沈みという日々の運行によって、時の刻みが生まれる。まるで時計のようにチクタクと鳴る音が響いてくる。それが諸行無常なのである。チクタク、チクタクと鳴り、刻まれた時は二度と戻ってはこず、そこに人の生では悲傷が生まれる。ところが日も月も永遠の運動をしていて、日月燈明如来は地球が生まれた四十六億年間二万代つづき、これから地球が滅んでいく四十六億年間にまた二万代つづいていくのだ。それが過去現在未来をつらぬく三世諸仏ということで、法華経は地球の誕生と消滅を説いているのだと、山尾さんは語っているのである。しかも、自分の命と引き換えに。

一人の命は小さくてはかないのではない。日月燈明如来、地球の誕生と消滅とを直観できるほどに、一滴の命は無限なのである。釈迦は永遠の昔から仏と成り、今もこの虚空に永遠の命を保っているというのが、法華経の思想だ。私たちが日月燈明如来のことを思うたび、そこに山尾さんが現われるような気がする。

山尾さんのことを考えると、私は独覚《どっかく》という言葉を思い浮かべる。師によらず、何かの縁で真理をさとった人のことである。どうやら山川草木のすべてが、山尾三省さんの師ということなのであろう。

初出一覧

*

叡智の旅へ（『毎日新聞』二〇〇二年一月一日）

I

瑠璃の森で

瑠璃の森で（『瑠璃の森に棲む鳥について』文芸社、二〇〇一年一月）
子供たちへの手紙（日本ペンクラブ編『それでも私は戦争に反対します』平凡社、二〇〇四年三月）
花に包まれたお釈迦さま（『ほとけの子』二〇〇五年四月号、宣協社）
ブッダは何をさとったか（『文藝春秋 SPECIAL』二〇〇七年夏号、文藝春秋）
お釈迦さまの限りない慈悲（『大法輪』二〇〇五年四月号、大法輪閣）
天の妙なる音（「大地・うた・祈り」パンフレット、国際交流基金、二〇〇二年八月）
高貴な精神性（柏酒孝鏡編『仏教讃歌』大法輪閣、二〇〇八年六月）
一番近くにいた菩薩（『日本の宗教文学』佼成出版社、二〇〇四年七月）
煩悩とともに生きる（『遊歩人』二〇〇七年十二月号、文源庫）

般若心経を読むという意味（『般若心経と生きる』中日新聞社、二〇〇七年九月）
良薬としての般若心経（『紺地金泥　般若心経』小学館文庫、二〇〇一年十二月）
観世音菩薩の時代（『仏教文化講座たより』七十七号、三十三間堂本坊妙法院、二〇〇九年秋）
山で出会った観音さま（『佼成新聞』二〇〇五年三月二十七日）

II

道元と私

言葉の偉大さ（『弦 GEN』第六号、弦短歌会、二〇〇九年二月）
道元と私（大谷哲夫監修『わが家の仏教　曹洞宗』四季社、二〇〇四年三月）
「一滴の水」のように生きる（『歴史街道』二〇〇四年七月号、ＰＨＰ研究所）
「少欲知足」ということ（『下野新聞』二〇〇七年十一月二日）
道元の死生観（『禅入門』淡交社、二〇〇三年九月）
心象風月――道元の風景（『下野新聞』二〇〇四年一月十三日〜二月十三日、六回連載）
道元を胸に森を歩く（『大法輪』二〇〇九年二月号、大法輪閣）
道元の料理（『東京新聞』二〇〇九年七月四日、十一日）
天童街から天童寺へ（『本の窓』二〇〇四年九・十月号、小学館）
『芭蕉』後記（『芭蕉』佼成出版社、二〇〇七年一月）
思想の語り部（『文藝別冊　相田みつを』河出書房新社、二〇〇一年三月）
「おくりびと」を観て（『北海道新聞』二〇〇九年三月九日）

III　是れ道場なり

是れ道場なり（『大法輪』二〇〇九年八月号、大法輪閣）
日蓮の心くばり（『大日蓮展』産経新聞社、二〇〇三年一月）
『歎異抄』に想う――『俘虜記』の前文より（『大法輪』二〇〇八年二月号、大法輪閣）
「私」を捨てた「私訳」
――五木寛之『私訳歎異抄』（『ダ・ヴィンチ』二〇〇七年十二月号、メディアファクトリー）
同事ということ（『大法輪』二〇〇八年三月号、大法輪閣）
宮崎奕保禅師との御縁（『曹洞禅グラフ』二〇〇八年春号、仏教企画）
宮崎奕保禅師の言葉（『中外日報』二〇〇八年一月十九日）
中村元先生の寛容（「成道会の集いプログラム」一九九九年）
中村元先生のことば（『中村元』河出書房新社、二〇〇五年九月）
貧者の一燈の力（『へんじょう』第十九号、善通寺、二〇〇六年七月）

IV　古事の森

植林で未来に布施をしたい（『読売新聞』二〇〇二年五月二十二日）
「古事の森」（『Blue Signal』二〇〇四年一月号、西日本旅客鉄道）
法隆寺金堂修正会（『日本経済新聞』二〇〇五年一月三十日）

法隆寺の願い（『文藝春秋』二〇〇五年三月号、文藝春秋）
法隆寺の鬼追式（『みどりのとびら』二〇〇七年三月号、緑資源機構）
散華の縁（『淡交』二〇〇二年一月号、淡交社）

V　門を開けて外に出よう

人生は旅であるという死生観（『日本の生死観大全集』四季社、二〇〇七年十一月）
お盆という行事（『曹洞禅グラフ』二〇〇九年夏号、仏教企画）
そこは、彼岸へと続く道（『歴史街道』二〇〇二年四月号、ＰＨＰ研究所）
砂の聖地（『新シルクロード』ＮＨＫ出版、二〇〇四年十二月）
思慕――羅什と玄奘（『週刊シルクロード紀行43』朝日新聞社、二〇〇六年八月）
さみしさの風（『向上』二〇〇〇年五月号、修養団）
門を開けて外に出よう（『全日本仏教会の歩みと展望』全日本仏教会、二〇〇九年十月）
聖徳太子の「和」（「法隆寺世界遺産登録一〇周年記念シンポジウム」パンフレット、二〇〇三年）
月と太陽（『おくのほそ道を歩く17　羽黒山』角川書店、二〇〇三年八月）

VI　円空と木喰行道

すり減った顔の下の微笑（『紫明』第二十四号、丹波古陶館、二〇〇九年四月）
木喰仏を削って飲む（『木喰仏』東方出版、二〇〇三年秋）
真言僧　木喰行道（『光の日日』二〇〇〇年七月号、真言宗総本山東寺）

円空の長良川（『日本公園村』二〇〇六年十月号）

＊

『水晶の森に立つ樹について』あとがき（文芸社、二〇〇一年六月）

森を照らす日月燈明如来（山尾三省『日月燈明如来の贈りもの』水書坊、二〇〇一年十月）

© 毎日新聞社

立松和平◎たてまつ・わへい

作家。一九四七年、栃木県宇都宮市に生まれる。早稲田大学政治経済学部卒業。在学中から日本各地および海外を旅し、七〇年に処女作「とほうにくれて」が『早稲田文学』に掲載される。同年、「自転車」で早稲田文学新人賞を受賞。出版社への就職が内定していたが就職せず、土木作業員や魚市場の荷役など種々の職業を経験しながら執筆活動をつづける。七三年、帰郷し宇都宮市役所に就職。七九年から文筆活動に専念。八〇年「遠雷」で野間文芸新人賞、九三年「卵洗い」で坪田譲治文学賞、九七年「毒——風聞・田中正造」で毎日出版文化賞、〇七年「道元禅師」で泉鏡花文学賞、〇八年親鸞賞受賞。また国内外を旺盛に旅し多くのエッセイを執筆するとともに、自然環境保護と地域振興に目をむけ「足尾に緑を育てる会」や「ふるさと回帰支援センター」の活動にかかわる。『立松和平全小説』全三十巻（勉誠出版、刊行中）、『立松和平 日本を歩く』全七巻（勉誠出版）、『親鸞と道元』（五木寛之との対談、祥伝社）、『百霊峰巡礼』第一～三集（東京新聞出版局）ほか著書多数。二〇一〇年二月八日逝去。

立松和平エッセイ集　仏《ほとけ》と自然

二〇一一年四月二〇日　第一版第一刷発行

著者　立松和平

発行者　石垣雅設

発行所　野草社
東京都文京区本郷二－五－一二
電話　〇三－三八一五－一七〇一
ファックス　〇三－三八一五－一四二二

発売元　新泉社
東京都文京区本郷二－五－一二
電話　〇三－三八一五－一六六二
ファックス　〇三－三八一五－一四二二

印刷・製本　シナノ

ISBN978-4-7877-1182-3　C0095

立松和平エッセイ集　四六判上製／定価各1800円＋税

旅暮らし

旅で出会った自然の風景、世の移ろい、人々との交流を味わい深い文章で綴る。

Ⅰ　北の大地へ　Ⅱ　日本の原風景、東北へ　Ⅲ　故郷、栃木へ　Ⅳ　住む街、東京で

Ⅴ　甲信越の山並みへ　Ⅵ　西国へ　Ⅶ　南の島へ　Ⅷ　海の彼方へ

いい人生

生い立ちから父母のこと、作家への苦闘の日々、文学者との交歓などを描く。

Ⅰ　子供の頃　Ⅱ　青春時代　Ⅲ　壮年になって　Ⅳ　父のこと、母のこと

Ⅴ　足尾に緑を育てる　Ⅵ　歌と詩へ　Ⅶ　文学者・芸術家たち